KB052732

내 멋대로 혁명

내 멋대로 혁명

서화교 장편소설

낮은산

1

아빠를 만나야 한다

　3포는 연애, 결혼, 출산. 5포는 3포 더하기 내 집 마련과 인간관계. 여기까지는 그러려니 했다. 그런데 7포가 나왔다. 7포는 5포 더하기 꿈과 희망. 어깨가 푹 꺼졌다.

　"헉! 언니! 9포, 9포. 9포가 나왔어!"

　7포에 건강, 외모까지 포기한 게 9포란다.

　"에엥? 보통 거기까지는 안 가는데. 줘 봐."

　나의 외사촌이자 룸메이트인 상지 언니한테 들고 있던 설문지를 줬다. 방송 구성 작가인 상지 언니는 프로그램을 기획하기 전에 설문 조사를 하는데, 설문지를 분류하고 정리하는 일은 알바를 쓴다. 알바 중 한 명이 바로 나다.

오늘 상지 언니가 갖고 온 설문지 겉표지에는 '당신의 청춘은 안녕하십니까?'라는 제목이 크게 쓰여 있었다. 청춘이라고 하면 밝고 두근거리고 뭔가 반짝반짝하는 이미지인데 설문지 문항에 체크된 것들을 보면 전혀 안녕하지가 않았다.

'당신은 지금 삶에서 어떤 것들을 포기하고 있습니까?', '미래의 나는 어떤 모습일까요?'라는 문항에서 긍정적인 답변이 거의 없었다. 3포는 기본이더니 5포, 그러다가 7포가 나오고 9포까지 나온 거다.

"이 친구는 그냥 욜로족이야, 욜로."

"요올로?"

"유 온리 리브 원스(You Only Live Once), 한 번 사는 인생, 현재를 즐기자. 이것저것 재면서 미래를 준비하느니 나한테 투자하고 소비하겠다는 거야. 여기 봐봐. 화장품에 20만 원, 문화생활비로 10만 원씩 투자하잖아."

쳇, 그러면서 왜 자신의 삶에서 건강과 외모까지 포기한다는 9포에 체크를 한 거람. 9포는 처음이라서 깜짝 놀랐다.

"대부분이 포기한다고 하니까 뭘 포기하는지도 모르면서 포기한다고 한 거야. 이런 거는 전문가들이 걸러 낼 거니까 넌 그냥 몇 번인지만 정리해. 머리 아프게 이것저것 내용 살피지 말고."

상지 언니가 설문지를 나한테 돌려줬다. 이름도 안 적힌 스물세 살의, 화장품값만 한 달에 20만 원 쓰는 언니가 궁금해졌다. 아니 오빠인가. 아니 그보다 더 궁금한 것이 방금 생각났다.

"언니는 몇 포야?"

언니 얼굴을 빤히 보며 한쪽 손을 활짝 펴서 손가락을 천천히 하나씩 접었다. 하나, 둘, 셋. 중지까지 접었을 때도 아무 반응이 없자 덜컥 걱정이 됐다. 한 손이 아니라 양손이 다 필요한가? 상지 언니는 서른세 살에 애인은 현재 없고 프리랜서 구성 작가고 집은 전세고 수입은 들쭉날쭉에, 월말이 되면 수시로 인터넷 뱅킹을 들여다본다. 괜히 물었다는 생각이 들었지만 멈출 수 없다. 그러면 정말 분위기 구려지니까. 약지를 접고 새끼손가락까지 접으려는데 상지 언니가 킥킥댔다.

"0포다 0포. 너는 왜 언니가 3포는 기본일 거라고 생각해? 나 아직 서른셋밖에 안 됐어. 앞날이 어떻게 휙휙 바뀔지 모를 나이라고. 좋아하는 사람 생기면 연애하고 연애하다 결혼하고 싶으면 결혼도 하고. 아이는 조금 생각해 봐야 할 문제인 것 같고……, 좋은 부모 되기가 정말 힘든 일이잖아. 서울에서 집 마련하기는 현실적으로 힘들지만 인구가 줄어든다니까 내 집이 생길지도 모르잖아? 돈 없이도 만날 수 있는 사람도 있을 거고. 나중에는 어떨지 몰라도 지금은 0포. 오케이?"

상지 언니 목소리가 갈수록 높아지더니 말버릇인 오케이가 나왔다. 현실성이 없다고 해도 9포보다는 0포가 낫겠지 뭐. 그래 오케이.

라라라라라 라라라라라.

얼른 핸드폰을 봤다. 내가 기다리는 번호가 아니라 070으로 시작되는 번호다. 며칠 전부터 하루에 한 번은 070으로 시작되는 전화가 계속 왔다. 보나 안 보나 광고 전화다.

"전화 받아."

수신 거부 버튼을 누르려는데 언니가 고갯짓을 했다.

"광고 전화."

"좀 받아 줘라. 예, 예 하다가 끊으면 되잖아. 텔레마케터가 네 덕분에 수당을 받을지 어떻게 알아. 함께 사는 세상, 없는 사람끼리 좀 돕고 살자."

상지 언니 재촉에 더는 버티지 못하고 전화를 받았다.

"여보세요?"

"……."

"여보세요? 여보세요?"

없는 사람끼리 돕고 살려고 했는데 상대방은 아무런 말도 하지 않았다. 전화를 끊으려는데 깊은 한숨 소리가 들렸다.

"우연이니?"

가슴에 뭔가 획 하고 지나갔다. 누군지 단번에 알았다. 아빠의 아내인 신 아줌마였다.

"예에에."

맑고 밝은 목소리를 내고 싶은데 목에 뭔가 낀 것처럼 탁한 소리가 나왔다.

"오랜만이지? 한 2년 만인가?"

친근하게 구는 신 아줌마 말에 어떤 대꾸를 해야 할지 망설였다.

'웬일이세요? 우리 친한 사이 아니잖아요?'

'아줌마랑 할 얘기 없어요.'

'왜 전화했어요?'

수많은 말이 떠올랐지만 어떤 말도 꺼내지 못했다.

"갑자기 전화해서 놀랐을 텐데……, 혹시 아빠랑 만났어?"

"아, 아, 아니요."

아빠는 호주에, 나는 한국에 있다. 아줌마의 어처구니없는 질문에 말을 더듬었다.

"아빠랑 연락이 안 돼서 그래. 아빠가 지금 한국에 있는데 너한테 연락하지 않았어? 통화가 안 되니까 걱정돼서 그러는데……, 내가 오죽하면 너한테 전화를 걸어서 이러겠니? 한국에 들어갈 상황도 아닌데 들어가서 내가 정말, 여기서 할 게 얼마나 많은지 몰라. 내가 너무 힘들어서……."

신 아줌마는 말하는 스킬이 완전 꽝이다. 애초에 내 대답이 필요 없는 것처럼, 자기 할 말만 했다. 가만히 듣고 있는 내가 이상했는지 상지 언니가 귀를 핸드폰 옆에 갖다 댔다.

"우연아, 내가 정말 부탁할 사람이 없어서 그래. 나도 미안한데, 넌 우주 누나잖아. 아빠랑 연락되면 아줌마한테 전화하라고 해 줄래, 응?"

'우주 누나'라는 말에 정신이 번쩍 들었다. 우주를 오랫동안 잊고 지냈다. 볼록 튀어나온 두 뺨을 밀가루 반죽처럼 주무르던 일이 아득한 옛날처럼 생각되었다.

상지 언니가 내 눈앞에 손을 내밀었다. 핸드폰을 달라는 소리다. 갸름한 얼굴에 눈과 코는 조용했지만 도톰한 입술이 실룩거렸다. 저 매력적인 입술에서 무자비한 말들이 쏟아져 나오는 것을 심심찮게 봤다. 지금이 바로 그럴 타이밍이다. 나는 느슨하게 쥐고 있던 핸드폰을 꽉 쥐고 고개를 강하게 내저었다. 몇 번의 실랑이 끝에 언니가 물러섰지만 입술은 똑같은 모양새다.

상지 언니와 내가 말 없는 전쟁을 벌이는 줄도 모르고 신 아줌마는 주어, 목적어, 서술어가 불분명한 말들을 쏟아 냈다. 마지막으로 아빠가 있는 곳 주소랑 전화번호를 받아 적은 뒤에야 전화가 끊겼다.

"미친 거 아냐? 이리 줘."

상지 언니는 종이쪽지를 빼앗아 들었다.

"언니, 줘."

"후안무치, 딱 후안무치네."

후안무치, 낯이 두꺼워 부끄러움을 모른다. 공부는 싫어하지만 어렸을 때부터 다른 아이들이 알지 못하는 단어들을 잘 알았다. 후안무치, 적반하장, 점입가경, 천박 등등. 외할머니와 뉴스를 보면서 자연스럽게 고사성어와 한자어를 배우게 된 거다.

"그 여자 개념을 어디 밥 말아, 처드셨나? 어떻게 너한테, 전화를 해. 내가 콧구멍이 두 개여서 숨이라도 쉬는 거지. 너한테 한 일은 깡그리 삶아 드셨구먼. 그리고 지금 와서 우주우 누우나아? 하!"

'우주 누나'가 아니라 '우주우 누우나아' 하며 씩씩거리는 상지 언니 덕분에 다시 우주가 떠올랐다.

아빠가 나타나기 전까지 난 아빠가 없는 줄 알고 살았다. 다섯 살이 돼서 처음 아빠를 만났다. 나는 아빠랑 함께 살 거라 생각했다. 하지만 어른들의 세계는 내가 생각한 것과는 달랐다. 아빠는 신 아줌마와 결혼을 했고 내가 열 살 때 동생이 생겼다. 한 달에 두 번 아빠를 만나는 날은 우주를 보느라 시간이 어떻게 가는지 몰랐다.

'우연아, 너 나한테 인사도 제대로 안 하더라. 인사를 잘해야 어디서나 예쁨받지.'

'우연아, 우주 귀찮게 하지 말고 텔레비전이나 보렴.'

'우연이는 음식을 가려서 이런 거는 안 먹네.'

'여자애가 남자애처럼 이런 옷을 입니?'

신 아줌마가 나를 싫어하는 것을 알았지만 우주가 너무 예뻐서 참을 수 있었다. 용돈을 모아 거북이 장난감을 샀다. 태엽을 감아 주면 아기 거북이가 엄마 거북이 배 아래로 꼬물꼬물 기어가는 장난감이었다. 놀란 눈으로 박수를 치고 거북이를 따라 엉금엉금 기어갈 우주 얼굴이 절로 떠올랐다.

기다리고 기다리던 날, 아빠 대신 신 아줌마가 나타났는데 신 아줌마는 우주가 있는 집이 아니라 패밀리 레스토랑으로 갔다.

"아빠가 출장을 가서 내가 대신 왔어."

내 머릿속에는 우주를 보려면 2주를 더 기다려야 한다는 생각밖에 없었다.

"우연아, 너 어른 돼서 아빠 만나면 안 될까? 아빠가 너 가고 나면 너무 힘들어서 그래. 어떤 때는 밥도 안 먹고 우주 얼굴도 제대로 안 본다니까. 너한테 미안해서 그러는 거 아는데 무지 속상해. 우주가 사랑 못 받고 그러는 거 너도 싫지, 그치?"

집에 돌아와서 스테이크와 감자 샐러드를 모두 게워 냈다. 엄마와 외할머니는 잘 피했지만 상지 언니의 유도 심문은 피할 수 없었다. 엄마와 아빠 사이는 더 나빠졌고, 나는 우주를 못 보게 되었다. 우주를 못 보게 될 줄 알았더라면 절대 얘기를 안 했을 텐데. 그래서 상지 언니를 볼 때면 입을 다물고 미워하는 티를 많이 냈다. 상지 언니는 진심으로 미안해하며 내가 좋아하는 마시멜로, 시폰 케이크, 초콜릿 아이스크림을 안겼지만 그 모든 것은 우주의 보들보들한 뺨과 소시지 같은 팔다리, 말랑말랑한 엉덩이와 비교가 될 수 없는 것이었다.

우주를 다시 만나기까지 5개월이 걸렸다. 신 아줌마는 나랑 우주가 만나는 날을 정해 줬다. 우주 생일, 내 생일, 어린이날, 크리스마스……. 우주는 내 손에 닿을 수 없게 멀어져 갔지만 아빠한테 투정을 부릴 수는 없었다. 그렇게 하면 아빠도 만날 수 없을까 봐 겁이 났다.

신 아줌마한테서 전화가 왔다는 톡을 날리기 무섭게 베프 나영이는 우리 동네 카페로 오는 수고를 아끼지 않았다. 눈은 팅팅 부은 데다 머리에는 커다랗고 동그란 털이 달린 괴상한 모자를 쓰고 종아리까지 내려오는 기다란 파카를 걸친 모습을 보니, 나영이가 보내는 겨울방학을 한눈에 알 수 있었다. 모자 안에는 며칠 안 감은 머리가 있을 테고 파카를 벗으면 후드가 달린 운동복에 수면바지가 나올 거다.

나영이는 앉자마자 질문을 쉴 새 없이 퍼부었다. 어느 순간 취조를 받는 것 같아 마음이 상하려고 할 때 나영이가 눈웃음을 살살 치며 초콜릿 케이크에 음료수를 샀다. 딸만 셋인 집의 막내인 나영이가 언니들의 구박에도 어떻게 살아남는지 알 수 있는 처세술이다.

나의 성실한 답변을 들은 나영이는 소설, 만화, 드라마에서 보거나 읽은 여러 가지 이야기에 나를 끼워 넣었다. 아빠는 엄마와 재결합을 원했는데 신 아줌마 꼬임에 넘어가 결혼을 했고, 엄마와 나를 잊지 못해 이혼을 앞두고 있기도 했고, 뒤늦게 신 아줌마의 못된 성격을 알고는 마음의 병을 얻어 조용한 바닷가에 있기도 했고, 갈 곳 없는 노숙자의 모습일 때도 있었다. 전부 마음에 안 드는 내용이었다.

"요즘 인기 드라마 보면 있잖아. 출생의 비밀, 네 동생이…… 아얏."

"야, 최나영. 막장 드라마 속에 나까지 넣을 거야, 엉?"

나영이 말을 잽싸게 막았다.

"근데 네 아빠는 왜……."

나영이가 얼른 내 눈치를 살피며 말을 얼버무렸다. 나영이가 삼킨 말은 '연락 안 했을까?'일 거다.

모르겠다. 6학년 여름에 아빠가 호주로 이민 간다고 했다. 그때 나는 좋다는 생각과 좋지 않다는 생각이 반반이었다. 아빠랑 우주를 볼 수 없다는 단점이 있지만, 방학 때 호주에 놀러 가거나 어학연수를 갈 수 있다는 장점도 있으니까.

하지만 자주 연락하겠다던 아빠의 전화는 뜸해졌고, 5개월 전 간간이 오던 전화마저 끊겼다. 아빠 전화를 기다리다 핸드폰으로 전화를 했을 때 영어로 서비스가 안 된다는 말이 뭔지 자연적으로 알게 되었다. 상처를 받은 아이의 몸 중앙에 구멍이 뻥 뚫려 있었던 그림책이 떠올랐다. 그 아이의 마음을 내가 이해하게 될 줄은 몰랐다.

 아빠가 신 아줌마와 결혼할 때, 만약 그때 아빠와 연락이 완전히 끊겼다면 어땠을까? 그러면 내가 중학생이 되고 고등학생, 대학생이 되어도 내 옆에 아빠가 있는 모습을 그려 보지는 않았을 거다. 따로 살아도 나한테 아빠는 쉴 수 있는 단단한 성이고 어떤 추위도 피할 수 있는 외투였다. 온갖 종류의 감정들이 펑펑 터졌다.

 "나 아무것도 모르거든. 정말 짱나."

 나영이는 케이크에 얹으려던 포크를 살포시 내려놓더니 접시를 내 앞으로 밀었다.

 호주에서야 그렇다 쳐도 한국에 왔으면서도 아빠가 연락을 안 했다는 사실에 화가 났다. 답답해서 나영이한테 말하긴 했지만 창피한 마음도 들었다.

 "우연아, 있지이……."

 말꼬리를 길게 늘어뜨리는 나영이를 향해 눈을 사납게 떴다.

 "그러기만 해. 그럼 진짜 절교야."

 나영이는 중학생이 되자마자 스카이라는 가명으로 로맨스 웹소설을 썼다. 지난여름에 나영이가 쓴 '사랑밖에 난 몰라 몰라'라는 오글거리는 제목의 소설을 보고 완전 뜨악한 적이 있다. 중2 여자아이가 사랑에 빠진다는 내용인데, 여자아이는 청각장애인이었다. 씩씩한 우리 엄마를 모델로 얼토당토않은 거짓말을 더해 만든 이야기였다.

나의 절교 선언에 나영이는 글을 내리고 몇 날 며칠 빌었다. 하루에도 수백 편의 소설이 올라가는 곳에서 독자의 눈을 끌려면 달라야 한다, 주변에서 찾다 보니 설정이 그렇게 됐다고 나영이는 변명했다. 수많은 독자 대신 결국 나를 택한 나영이 죄를 용서하기까지 많은 시간이 걸렸다.

지금 나영이는 자신의 웹소설을 떠올린 거다. 평범하지 않은 우리 엄마 아빠 이야기가 소설로 쓰기에 썩 괜찮은 소재인가 보다.

"에휴, 언니 이야기나 써야겠다."

나영이는 아껴 둔 기프트콘을 아낌없이 썼다. 치즈 케이크까지 몽땅 먹어 치우자 펑펑 터지던 미움이나 분노가 조금은 사그라졌다.

"어떻게 할 거야?"

"몰라."

"친구여, 너의 뜻대로 하시게."

나영이가 양손으로 내 손을 꽉 잡으며 에너지를 충전시켜 줬다.

이틀 뒤, 상지 언니와 함께 신 아줌마가 알려 준 주소로 찾아갔다. 전화 통화가 되었다면 그곳까지 갈 필요가 없었지만 아침에도 점심때도 저녁때도 통화가 안 됐다. 청계산 자락에 작은 빌라들이 있었는데,

그중 한 곳이었다. 상지 언니와 나는 주소를 확인한 뒤 초인종을 눌렀다. 인기척이 없었다. 상지 언니가 전화를 걸었다. 나는 현관문에 귀를 바짝 붙였다.

"들려."

시끄럽기만 한 전화벨 소리가 분명 들렸다.

상지 언니도 아빠가 이곳에 있다는 확신이 든 모양이다. 상지 언니가 초인종을 눌렀다. 나는 귀를 현관문에 댄 채 문을 두드렸다. 나는 다른 사람보다 청각이 예민해서 남이 듣지 못하는 소리도 곧잘 알아차리곤 한다. 인기척이 났다. 현관으로 오는 발소리가 들리고 문이 열렸다.

그 순간 숨을 멈췄다. 그런데 아빠가 아니다. 보통 키에 얼굴도 몸매도 동그란 아저씨인데 아빠보다는 젊어 보였다. 추운 바깥 날씨와 상관없이 어깨가 다 보이는 헐렁한 티셔츠를 입고 무릎이 툭 튀어나온 운동복 바지에 맨발로 슬리퍼를 신은 모습이 딱 백수처럼 보였다.

"아함."

입을 쩍 벌린 채 하품을 하는 아저씨 눈에는 잠이 묻어 있었다.

"누구, 아!"

아저씨는 내 정체를 알았나 보다. 나는 고개를 숙여 예의 바르게 인사를 했다. 상지 언니도 인사를 하자 아저씨도 어정쩡하게 인사를 했다.

"추워서요."

상지 언니가 안으로 들어가고 나도 따라 들어갔다. 신 아줌마가 알려 준 곳은 아빠 후배가 그림을 그리는 작업실이었다. 회색 벽에는 크고 작은 그림들이 걸려 있었고 작업실 한쪽에는 커다란 창문이 있었는데, 창밖으로 작은 텃밭이 보였다. 이곳에서 아빠의 방은 구석에 작은 가림막이 있는 공간이었다. 짐이라고는 여행용 가방 한 개와 플라스틱 상자 두 개가 다였다.

"지금 여기 없는데……, 한 2주 전에 볼일 있다더니 나갔어요."

"한국에 왜 왔는지 혹시 알아요?"

상지 언니는 빙빙 돌리지 않고 말했다.

아빠 후배는 얼굴 표정을 못 숨기는 사람이었다. 시간이 지나면 털어놓을 것처럼 보였다.

"그, 그건 말하기가……, 알고 있지만, 말 못 해요. 그건 김 선배가 얘기해야죠."

모른다가 아니라 알고 있지만 말을 못 한다는 말이 멋졌다. 문제는 누구보다 내가 그 까닭을 알고 싶다는 거지만.

"그럼 언제 온대요?"

"그건 나도 몰라요."

"지금 어디에 있어요?"

"글쎄요오……."

아저씨가 말을 흐리자 상지 언니는 냉장고 문을 열어 맥주와 소시지 봉지를 꺼냈다.

"우연아, 오늘은 여기서 자야겠다."

아저씨가 기겁을 했지만 상지 언니는 소파에 앉아 맥주를 벌컥벌컥

들이켰다. 나는 상지 언니 옆에서 차가운 소시지를 깨작거리며 먹었다.

"하참!"

헛기침을 하던 아저씨와 눈이 마주친 나는 눈꼬리를 축 늘어뜨리고 슬픈 표정을 지어 보였다. 아저씨는 내 눈길을 피하려 고개를 이리저리 돌렸지만 나는 아저씨 눈을 끈질기게 좇았다.

"알았어요, 알았어."

두 손을 들어 항복을 선언한 아저씨는 핸드폰을 꺼내 들었다.

"나도 어렵게 알아낸 거예요. 김 선배가 일 정리되면 연락할 거예요. 딸이라면 얼마나 예뻐하는데."

나도 모르게 크게 코웃음을 쳤다. 온 지 일주일도 아니고 열흘도 아니고 한 달도 아니고 자그마치 두 달이다, 두 달. 그동안 연락을 안 한 사람이 도대체 누굴 예뻐한다는 건지 기가 막혔다. 아저씨는 곤혹스러운 표정으로 머리를 북북 긁었다.

아빠는 제주도에 있었다. 나 대신 상지 언니가 신 아줌마한테 전화번호와 주소를 알려 줬다. 나도 핸드폰에 아빠가 있다는 제주도 게스트하우스의 전화번호를 저장했다. 하지만 아빠가 연락할 때까지 절대 먼저 연락하지 않겠다고 마음먹었다. 만약 아빠가 나한테 연락 안 하고 호주로 가 버리면 정말 끝이다. 나중에 나이 든 아빠가 내가 자주 다니는 가게나 공원에서 서성인다고 해도 절대 아는 척을 안 하겠다고 다짐했다.

내 다짐을 확실하게 해 두기 위해 나영이한테도 알렸다. 나영이는 한

참이 지나서야 답장을 했다.

열공만이 답!

내 다짐에 나영이가 나랑 거리가 먼 공부를 끌고 왔다.

그거랑 공부랑 뭔 상관?

톡을 보내자마자 전화벨이 울렸다.

"아유, 답답이. 아빠가 네 주변에서 서성거리려면 네가 멋진 여자가 되어야 할 것 아냐? 전문직이거나 최소 카페 주인이거나. 전생에 나라를 구했다면 로또 가능성도 있겠지만 내가 보기엔 너는 아니야. 그렇다고 연예인 스타일도 아니고. 우리 같은 애들한테는 그나마 공부밖에 없어. 친구야, 현실을 받아들이자."

나영이 입이 제대로 풀렸다. 나영이 말이 맞다. 멋진 모습으로 아빠를 모른 척하는 거랑 구질구질한 모습으로 모른 척하는 거랑은 천양지차다. 1학년 성적은 어쩔 수 없다고 해도 2학년부터는 인 서울을 목표로 열공을 해야 할지 고민이 됐다. 나영이는 '진실은 원래 쓰고 아프다.'는 말까지 덧붙였다.

전화를 끊은 지 얼마 지나지 않아 또 벨이 울렸다.

"왜에?"

나영이인 줄 알았는데 신 아줌마였다.

"우연아, 연락해 봤는데 연락이 안 돼. 아빠가 아줌마한테 좀 화가 나 있어서 전화도 안 받는 것 같아. 내가 한국에 들어갈 상황이 안 되거든. 네가 아빠 만나서 나한테, 아니 우주한테 전화하라고 하면 안 될까? 아빠가 네 부탁은 잘 들어주잖아. 응?"

신 아줌마가 전화를 끊을 때쯤 '엄마'라고 부르는 또랑또랑한 목소리를 들었다. 우주였다.

나한테 우주는 세 살 때 모습으로 머물러 있다. 그때 나는 아빠를 졸라 아빠, 우주, 나까지 커플티를 사서 입은 뒤 사진을 찍었다. 아빠가 전화를 받으러 잠시 자리를 비울 때면 우주는 입술을 삐죽거리며 안아 달라고 손을 내밀었다. 처음부터 없었던 아빠라고 생각한 나한테도 아빠랑 함께한 기억이 고스란히 남아 있다. 그리고 내 동생 우주한테는 처음부터 있던 아빠였다. 다섯 살 남자아이면 아빠가 해 줘야 할 일이 아주 많다. 아니, 우주를 생각해서가 아니다. 나도 아빠를 만나야 한다. 제주도로 가야 한다.

용감한 엄마랑 사는 일

'벤치 워머(bench warmer)'라는 말을 처음 들었을 때 목도리인 줄 알았다.

"너도 참, 왜 그런 게 궁금해? 벤치는 알지? 의자, 워머는 따뜻하다의 웜에서 이, 알이 붙었으니까 사람이잖아. 말 그대로 하면 의자를 따뜻하게 해 주는 사람인데, 보통 경기에 나가지 못하고 의자에 앉아 있는 선수를 벤치 워머라고 해. 후보 선수라고 할 수 있어. 너 야구 좋아하잖아. 시합에 안 나와도 더그아웃에서 박수 치는 사람이라고 생각하면 돼."

상지 언니 설명을 들으니 '벤치 워머'가 나를 표현하는 말 같았다. 나한테는 월급을 꼬박꼬박 받아 성실하게 보살펴 주는 아빠나 엄마가 없다. 외할머니가 계시긴 했지만, 시장에서 반찬 장사를 하고 애인을 만나러 다니느라 늘 바빴다. 나를 사랑하는, 나의 보호자인 엄마는 청각장애인이다. 나는 엄마를 보살펴야 했다.

수화를 배운 뒤 청각장애인인 엄마 대신 내가 손과 말로 얼마나 많이 떠들어야 했는지 아무도 모른다. 은행에서, 시장에서, 식당에서, 주민센터에서……. 셀 수 없이 많은 곳에서 엄마의 수화를 말로 옮겨야 했다. 그중에는 무슨 뜻인지 이해할 수 없는 말도 많았다. 엄마가 자궁근종 수술을 받고 퇴원할 때까지 의사, 간호사의 말과 엄마의 수화와 필담, 나의 수화가 마구 섞였다. 통조림 캔에 손을 베어 피가 흐르는 상황에서도 자동적으로 의사 말을 엄마한테 수화로 전달했다. 엄마와 수화로 이야기하고 있으면 외계인을 보는 듯 뜨악하게 쳐다보거나 동정 어린 시선을 받는 일은 예사였다. 엄마가 지적으로 모자라는 줄 알고 함부로 대하거나 서비스에 차별을 받을 때에도 나는 화를 내기보다 견뎌야 했다.

외할머니는 사랑이 너무 많아서 탈이었다. 사랑을 하는 것까지는 괜찮지만 할머니 애인들은 별로였다. 가장 큰 문제는 할머니 지갑이 시도 때도 없이 열리는데 반해 할머니 애인들은 하나같이 인색하다는 점이었다.

유리창에 '옷 수선'이라는 글자가 크게 붙어 있는 이층집이 우리 집이라는 사실이 나에게 유일한 버팀목이었다. 그런데 작년 여름 그 버팀목마저 사라졌다. 할머니가 애인의 꼬임에 넘어가 집을 담보로 융자를 받았는데 애인은 도망가고 빚쟁이까지 몰려왔다.

설상가상 충격으로 쓰러진 할머니가 대장암 진단을 받았다. 수술을 했지만 생각보다 경과가 안 좋았다. 항암 치료에 고통스러워하던 할머니는 죽음을 앞둔 사람처럼 행동했다. 이런 상황에서 커다란 꿈이나 희망을 가질 수 있을까. 그냥 의자에 앉아서 구경이나 하고 박수나 치는 게 내 몫의 미래였다.

엄마는 한동안 고민을 했다.

내가 할머니 속을 많이 썩였거든. 그래서 우연이가 엄마 좀 이해해 줬으면 해. 할머니 가실 때까지 같이 있고 싶어.

엄마의 손말은 오케스트라의 지휘자처럼 우아했다. 엄마는 할머니가 가고 싶어 하는 지방 요양원에 모시고, 그곳에서 청소 일을 하며 돌보겠다고 했다.

"나는 어쩌고? 외삼촌도 있잖아!"

외숙모와 할머니 사이가 안 좋은 걸 알면서도 어깃장을 부렸다. 엄마의 침묵이 길어졌다. 하나, 둘, 셋, 넷……, 엄마는 침묵에 익숙할지 몰라도 나는 침묵을 못 견뎠다. 침묵이 길어지면 내가 그 속에 빨려 들어서 나 역시 소리 없는 세상에 살 것 같아 두려웠다.

"알았어. 대신 일주일에 한 번은 나 보러 와야 해."

우연이 씩씩한 줄 알았더니 어리광쟁이네. 엄마가 어디 가냐? 항상 네 옆에 있지.

엄마는 아빠처럼 사라지지 않는다는 것을 알고 있지만 엄마랑 떨어져 지내는 것은 처음이라서 불안했다.

엄마가 보통 엄마와 다르다는 사실을 깨달은 것은 다섯 살 때였다. 할머니가 외출을 한 뒤 방문 바로 뒤에서 엄마의 재봉틀 소리가 들렸다. 텔레비전에서 갑자기 입에 피를 묻힌 귀신이 나와 서서히 다가왔다. 너무 놀라 정신없이 엄마를 부르며 밖으로 나왔을 때 엄마는 평화로운 모습으로 재봉틀을 돌리고 있었다. 나와는 다른 세상에 있는 엄마가 많이 미웠다. 목청 높여 울었고 뒤늦게 알아차린 엄마가 달려왔지만 나는 엄마 품에서 벗어나려고 온몸을 뻗댔다.

언젠가 엄마는 그때 일을 꺼내며 많이 무서웠다고 했다.

너를 낳은 게 내 욕심이었다는 생각을 처음으로 했어. 너를 아빠한테 보낼까 생각한 적도 있어. 네 장래를 위해서. 하루에도 수십 번 마음이 바뀌고 그래도 내 자식이니까 했는데, 그때는 너무 아파서……

기억이 안 나면 덜 미안할 텐데 나 역시 잊을 수 없었다. 헐떡이는 엄마의 숨소리와 함께 나를 절대 놓치지 않겠다는 엄마의 두려움과 간

절함을 고대로 느꼈다. 그래서, 그 마음을 알아서 더 뻗댔는지도 모르
겠다. 엄마는 절대 나를 놓지 않을 사람이니까.

"엄마, 그거 잊으면 안 돼?"

왜?

"별로 좋은 기억도 아닌데. 좀 좋은 거 생각하라고."

아픈 기억 아니야. 사실 너한테 어떤 엄마가 돼야 하는지, 내가
뭘 해야 하는지 잘 몰랐거든. 근데 그 일 있고 난 다음에야 알겠더
라고.

"그게 뭔데?"

내가 더 단단해지고 강해야 한다는 거.

그때 나는 조금 슬펐다. 엄마의 세계와 나의 세계가 다르고 엄마는
절대 소리에 닿을 수 없다는 사실을 깨달아서였다.

갓난쟁이일 때 일주일에 한두 번은 내 기저귀를 갈아 줬다는 상지
언니는 나를 반갑게 맞았다.

"웰컴 투 마이 하우스면 좋겠지만 집값이 웬만해야지. 평생 서울에서 집 한 채 못 사고 끝날 거야."

상지 언니는 이제는 남의 집이 된 우리 집에서 20분 떨어진 곳에 있는 방 두 개짜리 다세대 주택에 살고 있었다. 현관문을 열면 왼쪽에는 화장실과 부엌이, 오른쪽에는 작은방과 베란다가 달린 거실이 있고 맞은편에 큰방이 있었다. 당연히 작은방이 내 방일 거라고 생각했는데 상지 언니는 내 짐을 큰방에 부렸다.

"너 올 줄 알았으면 안 그랬을 텐데……, 실은 작은방 세줬어. 언니가 프리잖니? 돈이 매달 들쭉날쭉해서 그랬는데. 너 엄마한테 얘기하지 마."

계약 위반이라고 하고 싶었다. 엄마는 상지 언니한테 다달이 생활비를 보내겠다고 했다.

"야, 야! 그런 눈으로 보지 마. 너도 알겠지만 프로그램 들어가면 나 집에 안 올 때도 많잖아. 이제 너 보호자가 나인데 너한테 무슨 일 생기면 어떡하냐? 내가 다 너를 위해서는 아니고……. 알았어, 생활비 깎아 줄게. 오케이?"

상지 언니가 엄지와 검지로 동그라미를 만들었다. 엄마와 대화를 하기 위해 수화를 배운 사람에게는 화를 낼 수 없다.

"그리고 저 방에는 공시생, 공무원 시험 준비하는 언니가 살아. 이름은 서연주야. 연주 언니라고 부르면 되고, 새벽에 학원에 갔다가 밤늦게 들어올 거야. 네가 따로 신경 쓰고 할 일은 없어."

"몇 살이야?"

"스물다섯인지, 여섯인지 모르겠는데. 졸업은 했다고 들었는데⋯⋯."

"계약서 안 썼어?"

내 말에 상지 언니 눈이 엄청 커졌다. 무슨 소리냐는 표정이다.

"계약서 보면 나이 나오잖아?"

"어, 안 썼는데⋯⋯, 아는 선배가 소개해서."

절로 한숨이 나왔다. 상지 언니는 깐깐한 것 같으면서도 물렁하다. 서른 살도 넘은 어른이 나도 아는 걸 왜 모르는지, 또 알면서 안 하는지 모르겠다.

"꼬맹이, 그런 건 신경 쓰지 말고. 연주 언냐는 지금 없으니까 나중에 인사시켜 줄게. 그리고 너도 알다시피 내가 본격적으로 일 들어가면 엄마, 할머니처럼 챙겨 줄 수는 없어."

"언니, 나 다 컸어."

사실이다. 엄마랑 할머니랑 살 때 가스 밸브는 잠갔는지 전기 스위치를 켜 놓지 않았는지 문은 잠갔는지 살피는 건 내 일이었다. 밥이랑 달걀 프라이는 기본이고 미역국도 끓일 줄 알고 소시지를 문어 모양으로 만들 줄도 안다. 할머니가 애인이랑 춤추러 다니는 동안 할머니가 하던 일은 고스란히 내가 떠맡았다.

엄마는 돈도 벌고, 집안일도 다 해야 하니? 그러다가 엄마 쓰러지면 너만 손해야.

엄마는 나를 공주가 아니라 왕자를 만나기 전 신데렐라처럼 강하게 키웠다.

"그래, 다 컸다 다 컸어. 내가 밥은 꼭 해 놓을 테니까 냉장고에 있는 반찬 챙겨서 잘 먹어. 물론 내가 있을 때는 함께 먹으면 되지만. 키도 크고 예뻐지려면 밥을 잘 챙겨 먹어야 해."

상지 언니는 나랑 머리를 맞대고 함께 살면서 지켜야 할 일을 적어 나갔다. 밥 제때 먹기, 숙제 제대로 하기, 문 잘 잠그기, 집에 오면 전화하기 같은 것들이었지만 번호 앞에 별표까지 치면서 적었다.

"근데 언니, 엄마가 할머니 속 많이 썩였어? 나는 할머니가 엄마 속 많이 썩인 것 같은데?"

엄마와 할머니는 일반적인 모녀 사이와는 달랐다. 엄마와 딸 사이라고 하면 보통 엄마가 딸에게 끊임없이 베풀기 마련인데 엄마와 할머니는 거꾸로였다. 할머니는 끊임없이 엄마한테 돈을 비롯해 옷, 구두, 모자, 목걸이 같은 것을 요구했고, 엄마는 별말 없이 들어줬다. 하긴 나와 엄마 역시 거꾸로다. 내가 엄마한테 뭔가를 요구하기보다 엄마의 요구를 들어주는 일이 많다. 글자를 익히고 수화를 배울 때부터 엄마 말을 통역하는 것은 물론 청소하고 빨래하고 설거지하는 것까지 말이다.

"엄마, 내 친구들은 이런 거 안 해."

엄마는 미안한 기색도 없이 당당했다.

네 친구들 엄마는 청각장애인이 아니니까.

엄마는 단 한 번도 나한테 '엄마가 장애인이어서 미안해.' 같은 드라
마에 나오는 말을 하지 않았다.

"하긴 네가 고모의 과거를 어떻게 알겠냐? 우리 동네에서 진미희 하
면 알아주는 날……. 아니, 너 할머니가 왜 춤바람이 났는지 알아?"

"……."

"고모 때문이야, 고모."

"뭐어?"

"고모가 동네에서 알아주는 춤꾼이었어. 고등학교 때부터 클럽에 드
나들면서 춤을 얼마나 췄는지. 할머니랑 우리 아빠랑 매일 고모 찾으
러 다니는 게 일이었대."

상지 언니 말에 나는 어안이 벙벙했다. 엄마가 춤을 춘다니, 그것도
알아주는 춤꾼이라니.

"말도 안 돼!"

"왜 말이 안 돼. 청각장애인 중에 발레리나도 있고 야구 선수도 있잖
아. 소리를 못 들어도 진동으로 음악을 느끼고 몸으로 표현하는 거지.
예전에 아빠랑 할머니랑 얘기하는 걸 들었는데 고모가 커다란 스피커
앞에서 춤추는 모습을 보면 소리 안 들리는 게 거짓말 같데. 할머니
가 늦게 춤바람이 나긴 했지만 그 분위기가 익숙하신 거지. 크크큭."

상지 언니 말에 따르면 엄마는 날라리, 춤꾼이다. 내가 아는 엄마는

딸이 빨리 커서 독립하기를 바라는 씩씩하고 강한 엄마다.

초등학교 3학년 때 같은 반 아이들 몇 명이 나를 따돌린 적이 있었다. 내가 잘난 척해서 그랬다는데 말도 안 된다. 나는 그냥 수많은 돌멩이 중 하나처럼 어떤 존재감도 없는 아이였고, 누구보다 그 사실을 잘 알고 있었다. 약간 다른 게 있다면 얼굴 표정과 손동작이 크다는 정도였다. 수화를 하다 보면 자연스럽게 생기는 버릇이었는데 그게 아이들 사이에서는 또 다른 잘난 척으로 보였나 보다.

내가 따돌림당한다는 사실을 안 엄마는 어느 날 컵케이크를 갖고 우리 교실로 왔다.

우연아, 엄마 말 전해.

나는 고개를 흔들고 싶었지만 어쩔 수 없었다.

나는 우연이 엄마, 진미희라고 해요. 나는 소리가 들리지 않기 때문에 손말로 이야기를 해야 하는데, 여러분이 손말을 모르기 때문에 우연이가 내 말을 전해 줄 거예요.

여기까지는 괜찮았지만 다음부터 엄마 말을 전달하는 것은 고역이었다.

우연이가 요즘 힘들어해요. 같은 반 친구들이 우연이를 왕따시킨다는 것을 알아요. 우연이가 싫은 이유가 있다면 직접 말을 해 줘요. 우연이는 까닭을 모르기 때문에 더 힘들어해요. 모든 친구들이 우연이를 좋아할 수는 없어요. 하지만 내가 청각장애인이라는 이유로 우연이를 왕따시킨다면, 그건 아주 나쁜 일이고, 그런 친구들이라면 없는 게 나아요.

'그런 친구들이라면 없는 게 나아요.'라는 말을 할 때 엄마 손은 하늘에 그림을 그리는 것처럼 크게 움직였다. 잠깐 목이 잠긴 나는 목소리를 가다듬고 엄마의 손동작만큼 크게 말했다.

엄마가 준비해 온 건 텔레비전에도 나온 유명한 빵집의 컵케이크였다. 엄마는 컵케이크를 나눠 줄 때 아이들과 눈을 맞추며 생글생글 웃었다.

먹기 아까울 만큼 예쁜 컵케이크 때문인지, 엄마의 부드러운 협박 때문인지 아이들은 그 뒤로 나를 괴롭히지 않았다. 그때 같은 반이었던 나영이와 베프가 된 것은 순전히 엄마 덕분이다.

"너네 엄마, 너무 용감하고 멋져."

용감하고 멋진 엄마랑 사는 게 얼마나 할 일이 많고 피곤한 일인지 알려 줬지만 엄마를 향한 나영이의 존경과 사랑은 변하지 않았다.

9회 말 투아웃의 기적

"조 피디, 조 피디야. 어떻게 네가 그럴 수 있어. 18% 찍을 때 나랑 오래, 같이하자고 그랬잖아. 의리라고는 쌈 싸 먹을 나쁜 새끼. 이 세상 어디가 숲인지이, 어디가 늪인지이⋯⋯."

영어 학원을 마치고 집에 오자 상지 언니가 나를 껴안고 빙글빙글 돌았다. 탁자에는 소주병과 맥주 캔이 여러 개 보였다. 안주라고는 말라비틀어진 오징어가 다였다. 한참 만에야 나를 놓아준 언니는 바닥에 퍼질러 앉아서 고개를 앞뒤로 까닥거렸다.

"언니, 편하게 누워."

나는 바닥에 흩어져 있는 종이 뭉치를 집어 들었다. 상지 언니가 몇 개월을 준비했던 기획안이다. 언니의 시간과 노력이 그냥 사라졌다.

"새롭고 혁명적인 것 하자더니……, 눈이 1.5면 뭐해. 저렴하기만 한데. 잇쯔, 러브? 웃기시네. 잇쯔 꽝이다, 꽝, 꽝!"

'잇츠, 러브'란 프로그램 때문에 언니 기획안이 무시당한 모양이다. 제목만으로도 어떤 프로그램인지 감이 딱 왔다. 아이돌이 나와서 춤추고 노래하고 짝짓기하는 프로그램이겠지. 대학생일 때부터 방송국에서 알바를 한 상지 언니 덕분에 수많은 기획서와 설문지를 보고 얘기를 들었다.

"시청률 잘 나오잖아."

"그러니까 우리나라 방송이 요 모양 요 꼴이라고."

언니의 기획서에는 '우리 시대의 어른을 찾아서'라는 제목이 크게 박혀 있다. 알려지지 않은 독립 유공자나 다른 사람들을 위해 자신을 바친 사람을 소개하는 프로그램이다. 몇 년 전부터 준비했다가 엎어졌다가 다시 준비한 거다.

"언니, 이거 제목을 바꾸면 어때?"

"어떻게?"

"어른 대신 '글로벌 리더'라고 바꾸는 게 낫잖아. 학교에서도 매일 글로벌 리더십 어쩌고 하거든."

내 말에 언니가 얼굴을 가까이 디밀었다. 술 냄새 때문에 머리가 어지러워 언니를 살짝 밀쳤다.

"제목을 바꾸고 그다음에는? 제목에 맞게 콘셉트를 바꾸라고? 넘쳐나는 게 리더나 전문가야. 존경이라고는 털끝만큼도 할 수 없는 선생이 너한테 이렇게 해라, 저렇게 해라 하면 짜증 나지. 나도 마찬가지야."

"언니, 시청률! 기획이 아무리 좋아도 시청률이 안 나오면 꽝이라고."

나는 텔레비전을 볼 때 우울하고 슬픈 프로그램은 절대 안 본다. 예쁜 사람, 예쁜 집, 예쁜 아기나 동물, 비싼 요리, 비싼 차, 비싼 옷을 구경하는 게 좋다. 내가 절대 가질 수 없다고 해도 말이다.

"아유, 요거!"

언니가 헛웃음을 지으며 장난스럽게 꿀밤을 먹이려고 하더니 벌렁 드러누웠다.

"조 피디는 제목이 좋단다. 제목만. 인물을 완전 잘나가는 기업가나 정치인으로 하자더라. 나는 그냥 알아주지 않아도 다른 사람을 위해서, 나라를 위해 좋은 일을 한 사람을 다루고 싶은 거야. 왜 돈 있고 힘 있는 사람들을 거기에까지 넣어야 하냐고. 아 짜증 나잖아. 휴우, 뱅뱅 돕니다, 뱅뱅. 조 피디 너 짜식, 밑에서 벅벅 길 때 저런 선배 되지 말자고 새끼손가락은 아니고 술 나눠 마시고 그랬는데. 변했어. 사람들은 변하나 봐. 나도 변했으니까……."

한참 뒤에야 언니가 말하는 게 노래 가사라는 걸 깨달았다.

"모든 것이 변해 가네. 너무 빨리 변해 가네……, 지금은 말이지, 그래도 지금은 그러고 싶지 않아. 내가 말이지."

벌떡 일어난 언니 눈빛이 술 마신 사람 같지 않게 반짝였다.

"내가 반했어, 그 사람들한테. 시청률이고 뭐고 상관없이 그 사람들을 만나게 해 주고 싶어."

"그럼 다른 방송국 알아봐. 난 원래 그 아저씨 맘에 안 들었어. 얼굴은 헐크처럼 생겨서 맨날 검은색 셔츠에, 착 달라붙는 청바지 입고 멋진 척하는 것도 웃겨."

"크크큭, 그 셔츠 이태리 명품이다. 그게 얼마나 비싼 건지 알아? 그러고 보니, 변했네."

언니 말이 조금씩 늘어지더니 잠시 뒤 작은 콧소리까지 내며 잠들었다. 나는 언니한테 이불을 덮어 준 뒤 거실로 나왔다.

내 소원은 돈다발이 넘치고 넘쳐서 우리 집을 다시 사고, 가능하다면 최고의 기술자들한테 요청해 엄마가 들을 수 있는 인공 귀를 만들어 선물하는 거다. 또 할머니가 요양원이 아니라 최고급 병원의 브이아이피실에서 얼마 남지 않은 시간을 보내는 것이다. 여기에 상지 언니가 원하는 프로그램을 만들 수 있도록 제작비를 대 주는 것도 추가되었다.

냉장고에서 요구르트를 꺼낸 뒤 벽과 맞닿은 소파에 앉아 텔레비전을 틀었다. 보든 보지 않든 텔레비전을 틀어 놓으면 외롭다는 생각이 덜 든다. 리모컨으로 이쪽저쪽 돌리다가 멈췄다. 스포츠 채널에서 하는 미국 월드 시리즈 하이라이트 모음이었다.

공부는 못하지만 야구라면 누구보다 잘 알고 있다. 엄마와 나는 4월이 되면 이른 저녁을 먹고 텔레비전 앞에 앉았다. 엄마가 제일 좋아하는 프로그램은 야구 경기였다. 엄마를 따라 응원팀은 블루드래곤즈가 되었고, 한글 맞춤법보다 먼저 야구 규칙을 알게 되었다.

여덟 살 때 우연히 외숙모와 할머니의 얘기를 듣다가 아빠가 엄마가 아니라 다른 여자와 결혼한다는 사실을 알았다.

나는 밥을 안 먹었다. 아이들한테 '우리 아빠야.'라고 자랑할 사람이 순식간에 사라지는데 가만히 있을 아이가 세상 어디에 있을까. 할머니가 밥을 안 먹으면 엄마는 할머니가 원하는 것들을 들어줬다. 나도 밥을 안 먹으면 엄마가 내 말을 들어줄 거라고 생각했다.

"아빠랑 결혼하란 말이야. 나는 아빠가 다른 사람이랑 결혼하는 거 싫어."

엄마가 매를 들었고 나는 아빠한테 전화해 울었다. 한달음에 쫓아온 아빠는 엄마와 한참을 싸웠다. 그때 나는 아빠가 수화를 제대로 못 한다는 사실을 알아차렸다.

"아빠, 손말 못 해? 왜 못 해?"

내 말에 아빠 얼굴이 벌겋게 달아올랐다.

"아빠 결혼하지 마!"

시도 때도 없이 전화를 걸어 아빠를 괴롭혔다. 어느 날부터 아빠는 내 전화를 받지 않았다.

"우연아, 쓸데없는 짓 말고 이거나 먹어라."

할머니는 부추에 오징어를 숭숭 썰어 넣고 전을 부쳐 와 뿔이 난 나한테 한 조각 쭉 찢어 내밀었다.

"할머니, 아빠가 결혼한대. 빨리 하지 말라고 해."

할머니는 전을 간장에 찍어서 맛나게 먹었다.

"할머니이!"

"휴우, 우연아. 엄마랑 아빠는 지나간 인연이다. 이어 붙일 수가 없다 이제는."

"왜에? 내가 있잖아."

드라마를 보면 아이 때문에 같이 사는 부부도 많은데 엄마랑 아빠는 왜 그게 안 되는지 이해가 안 됐다. 내가 더 떼를 쓰면 될 것도 같았다.

"네 아빠 이제는 손말도 제대로 못 해. 버스 떠났다."

"배우면 되지."

"네 아빠 연애할 때는 손말이 나보다 좋았단 말이지. 마음이 변한 것은 어쩔 수가 없어. 속 그만 끓이고 전이나 먹어. 뜨뜻하니 맛나네."

얼마 지나지 않아 엄마는 외출 준비를 했다. 놀이공원이나 극장에 갈 줄 알았는데 나를 데리고 간 곳은 야구장이었다.

텔레비전에서 보기만 하던 야구장에 오니 모든 것이 신기했다. 나중에야 그날 경기가 매년 우승 후보였지만 번번이 우승 문턱에서 좌절한 블루드래곤즈의 플레이오프 4차전이었다는 것을 알았다.

치어리더의 춤을 따라 하고 응원가를 신나게 따라 불렀다. 내내 닫혀 있던 엄마의 입에서도 함성이 터져 나왔다. 아빠가 결혼한다는 사실도, 엄마가 청각장애인이라는 사실도 잊었다. 5대 4로 뒤지고 있던 9회 말 투아웃 상황에서 블루드래곤즈 박준우 선수가 홈런을 쳐 끝내기 승리를 거두었다. 그때 파란 물결이 하나가 되었다. 선수도 울고 곳곳에 우는 사람들로 넘쳐 났다. 엄마 눈시울도 붉게 물들었다.

"엄마는 왜 야구가 좋아?"

여기가 뛰거든.

그때 가슴 중앙에 심장이 있고, 심장이 뛰어야 산다는 것도 알았다.
하지만 심장은 언제나 뛰는데 왜 또 뛴다는 표현을 하는지는 알지 못
했다.

이틀 뒤 열린 플레이오프 5차전에서 블루드래곤즈는 7대 2로 지며
한국 시리즈 진출에 실패했지만 9회 말 투아웃의 기적을 경험한 나는
야구에 빠져들었다.

한 번도 본 적 없는 외할아버지는 어디를 가더라도 엄마를 데리고
다녔는데 제일 자주 간 곳이 야구장이라고 했다.

할아버지는 야구장에서는 소리쳐도 된다고 했어. 집에서나 학교
에서 참고 있었던 거 여기서는 안 참아도 된다고.

엄마는 자기 입에서 나오는 소리가 사람들한테 이상하게 받아들여
지는 것을 알았다고 했다.

내 소리가 어떠냐고 친구한테 물었더니 내가 아니라 다른 사람

이라면 끔찍할 거라고 하더라. 아마 듣고 있기 힘든 소리였겠지. 그래서 소리를 내지 않으려고 노력했어.

　외할아버지 덕분에 엄마는 야구가 시작되는 봄부터 초겨울까지는 스트레스 없이 지냈다고 했다. 나 역시 야구 덕분에 아빠의 결혼도, 우주를 못 보는 것도 이겨 낼 수 있었다.

　하지만 블루드래곤즈가 지는 경기가 많아지면서 야구는 스트레스가 됐다. 특히 제일 좋아하는 박영진 투수가 다른 팀으로 가면서 팀과 선수 모두한테 실망을 했다. 할머니가 사기를 당한 뒤로는 뜸하게 보다가 어느새 점수만 확인하게 되었고, 중학생이 된 뒤로는 야구를 잊고 지냈다.

　월드 시리즈 하이라이트는 예전에 봤지만 또 봐도 감동이었다. 시카고컵스가 월드 시리즈 7차전에서 연장 10회에 8대 7로 이기면서 108년 만에 정상에 올랐다. '염소의 저주'가 드디어 풀린 것이다.

　"으어억!"
　옆에 서 있는 사람 때문에 입에서 이상한 비명이 나오고 말았다.
　"어휴, 깜짝이야. 언니, 기척 좀 하고 다녀."
　"미안해. 놀랐어?"
　연주 언니였다. 말이 빠른 상지 언니에 비해 연주 언니는 말이 많이 느렸다. 처음에는 답답했지만 어느 순간 적응이 됐다. 상지 언니 집에 온

지 일주일이 지나서 처음 만난 연주 언니는 짧은 커트 머리에 보통 몸매였지만 6개월이 채 안 돼서 머리는 질끈 묶고 통통한 몸매로 변했다.

작년에 시험을 친 뒤 연주 언니 얼굴이 밝아서 합격할 거라고 예상을 했다. 하지만 근소한 차이로 떨어졌다. 내가 '아깝다'고 했을 때 연주 언니는 1점과 2점 사이에 수많은 사람이 크루아상의 층처럼 촘촘하게 쌓여 있다고 했다. 그 말을 들은 뒤부터 크루아상을 보면 사람들이 겹겹이 쌓여 있는 모습이 연관 검색어처럼 따라와서 크루아상을 안 먹는다.

"아, 이거 그거구나. 시카고컵스? 빌리 고트의 저주!"

연주 언니가 내 옆에 엉덩이를 붙이고 앉았다.

'염소의 저주'라는 말을 처음 들었을 때 그냥 웃었다. 염소를 데리고 야구장에 들어가려고 했던 빌리라는 사람도 웃겼고 입장을 거부당했다는 이유로 시카고컵스가 우승을 못 할 것이라는 저주를 한 것도 웃겼다.

"빌리가 통곡을 하겠네. 자기 저주가 깨져서."

연주 언니가 말했다.

"정말 그럴까?"

연주 언니가 핏발이 선 눈으로 입술을 약간 내밀고 나를 봤다.

"자기는 그냥 말했는데 진짜 저주처럼 돼서 미안하지 않았을까? 처음에는 진짜여도 나중에는 후회했을 것 같은데."

"……그러네. 네 말이 맞겠다. 우연아, 땡큐."

"……."

"세상이 아름다운데 말이야, 내가 자꾸 삐딱하게 보네. 우연이 덕분에 이렇게 가려다가 다시 요렇게, 요렇게."

연주 언니가 한쪽 팔을 들어서 45도로 기울이더니 다시 중앙으로 맞췄다. 우리는 시카고컵스 우승에 눈물을 흘리는 관중들의 인터뷰까지 다 봤다.

"저녁은?"

"삼각 김밥에……"

"라면?"

내 말에 언니가 고개를 끄덕인 뒤 욕실로 들어갔다.

텔레비전에서는 광고만 주르르 나오더니 몇 년 전 있었던 한국과 일본의 프리미어 12 야구 준결승전 하이라이트가 나왔다. 잘생긴 데다가, 끝내주게 잘 던지는 일본 투수 때문에 3대 0으로 지고 있던 경기를 9회 초에 4점을 내면서 우리나라가 이겼다. 온몸이 짜릿해지는 역전승이었다.

야구 경기에서 승리만 보는 게 아니다. 그라운드에 홀로 서 있는 투수의 고독감, 루에 진출하려는 타자의 절박함, 벤치에서 오가는 수신호의 분주함까지……. 승리를 위해 모두 안간힘을 쓰고 있다는 걸 저절로 알게 된다.

'그럼 뭐해? 프로는 이겨야 해. 지면 그냥 끝이야.'

상지 언니가 했던 말이 떠올랐다. 지면 끝이다. 안타를 쳐야 할 때 못

치고 막아야 할 때 막지 못하면 온갖 비난을 받는다. 상지 언니가 하는 프로그램도 시청률 경쟁에 시달린다. 아무리 기획 의도가 좋더라도 선택을 받지 못하면 소용이 없다. 아무리 막장이어도 시청률만 높으면 문제없다.

> 엄마 뭐 해? 난 시카고컵스 7차전 봤다^^

늦게 자면 짜리몽땅해진다. 얼렁 자.

주먹을 불끈 쥐고 심각한 표정을 짓는 너구리 이모티콘까지 보낸 엄마 덕분에 감상에서 벗어났다. 야구를 보면서 몇 번의 기적 같은 일을 경험했다. 그런 기적이 나한테도 일어났으면 좋겠다. 할머니가 다시 건강해지고 우리 집을 되찾는 기적 말이다.

4

우리 아가가 고생이 많구먼

할머니가 계신 요양원은 차가 없으면 가기 불편하다. 고속버스를 타고 터미널에 내려서 관음사로 가는 버스를 타야 한다. 한 시간에 한 번만 가기 때문에 버스 시간을 잘 맞춰야 한다. 할머니가 많이 아프게된 이후로 엄마는 한 달에 한 번 보기도 힘들었다. 그러다 보니 내가가게 되었다. 신 아줌마한테 전화가 온 뒤로 처음이다.

관음사행 11-1번 버스가 오자 사람들이 우르르 몰렸다. 뒤로 처지는데 어떤 사람이 내 손을 꽉 붙잡고 사람들을 헤쳐 버스에 올랐다. 버스비를 내고서야 내 손을 잡아 준 사람이 누군지 알아차렸다. 매주 토요일이면 관음사에 간다는 김천 할머니다. 엄마랑 함께, 또 나 혼자 버스에서 만난 적이 있다.

"엄마 보러 가나?"

"예."

김천 할머니 옆에 나란히 앉았다. 회색 털모자와 회색 두루마기까지, 하얀 머리칼만 아니면 꼭 스님처럼 보였다.

"우리 아가가 고생이 많구먼."

전혀 생각지 못한 말에 가슴이 찡했다. 이제 곧 열다섯 살이 되는 청소년한테 '아가'는 전혀 어울리지 않는 말이지만, 아가라는 말을 듣는 순간 타임리프를 해서 일곱 살이 채 되지 않았던 때의 나로 돌아간 것 같았다.

아무것도 몰랐던 그때는 행복했는데 지금은 행복하기는커녕 모든 불행이 나를 에워싸고 있다. 할머니는 아프고 엄마는 멀리 있고, 아빠는 연락도 안 되고. 엄마는 청각장애인이고, 한 부모 가정이고, 집이 날아가고, 아빠는 나를 찾지도 않는다. 지금 여기서 더 좋아질 가능성은 없어 보인다.

어른이 되면 지금 복잡하게 생각했던 문제들은 그다지 중요한 문제가 아니지 않을까. 만약 그렇다면 타임머신을 타고서라도 어른이 된 세계로 가고 싶다. 엄마가 시시때때로 보고 싶지 않고 할머니가 죽을까 봐 겁도 안 나고, 일을 해서 돈도 벌 수 있고, 아빠가 나를 찾지 않아도 무시할 수 있을 테니까. 내가 바라는 일은 어떤 것도 할 수 없는 열네 살이 우울하고 별 볼 일 없고 짜증 나기만 했다.

코를 훌쩍거리자 김천 할머니가 혀를 차더니 휴지를 손에 쥐여 주었다. 사각형으로 곱게 접힌 휴지가 아니라 두루마리 화장지를 둘둘 말아 찢은 거였다. 얼른 코를 풀고 마음을 다잡았다.

"니 떼 놓고, 너그 엄마도 마음이, 마음이 아닐 끼다. 조금만 참아라, 으응? 파도가 아무리 몰아쳐도 언젠가는 물러난다 아이가."

김천 할머니가 바랑을 풀어 검정 봉지를 내밀었다. 안 받으려고 했지만 김천 할머니가 꼭 쥐여 주는 바람에 받아들었다. 김천 할머니는 작은 소리로 '나무관세음보살'을 쉴 새 없이 되뇌었다. 버스를 타고 가는 내내 그 소리를 들은 듯했다.

"야야, 일어나라. 엄마한테 가서 자라."

김천 할머니 말에 잠에서 깼다. 관음사 부근 주차장은 관광버스와 차들로 혼잡했다.

"안녕히 가세요."

"니 저 건너편에서 차 타제?"

김천 할머니가 앞장을 서서 요양원에서 운영하는 승합차가 서는 기념품 집 앞으로 갔다.

나처럼 승합차를 기다리는 사람들이 몇 명 있었다. 얼마 지나지 않아 '청솔'이라는 글자가 적힌 회색 승합차가 왔다. 차에서 사람들이 우르르 내렸다. 셔틀버스인 셈이다.

"느그 할머니 편하게 가시라고 치성 올리꾸마. 잘 지내고 나중에 또보자이."

김천 할머니가 내 등을 토닥여 줬다. 앞자리에 앉은 나는 창밖을 보며 손을 흔들었다.

승합차는 관음사 정문에서 왼쪽으로 난 작은 길을 따라 달렸다. 아주 좁은 도로라서 맞은편에서 차가 오면 승합차가 몸통을 줄여서 달리는 거 아닌가 하는 착각을 할 정도로 조심스러웠다. 10분 정도 조심스럽게 달리던 차는 넓은 벌판이 펼쳐진 왕복 4차선 도로가 나타나자 속도를 높였다. 그렇게 20여 분 달리면 연노란색 7층짜리 건물 두 개가 나타난다. '청솔 고시원'이라는 간판이 눈에 들어왔다. 앞쪽 건물이 고시원이고, 뒤쪽 건물이 요양원이다. 원래 두 건물 모두 요양원이었는데 돈벌이가 안 돼서 건물 하나를 고시원으로 바꿨다고 했다.

고시원 앞마당에서 서성거리는 엄마가 보였다.

뭐하러 와. 다음 주에 내가 갈 텐데.

내리자마자 엄마가 꼭 안아 줬다. 앞마당에서 해바라기를 하는 언니, 오빠가 나를 쳐다보는 것 같아 살짝 부끄러웠다.

너 다이어트 해?

"아니."

근데 왜 이렇게 살이 빠졌어?

"나이 드니까."

내가 혀를 살짝 내밀자 엄마가 기가 막히는지 웃었다.

똑같이 생긴 건물인데도 고시원과 요양원은 분위기가 천양지차다. 겨울이라고 해도 고시원 마당에는 해바라기를 하는 언니도 있고, 달리기를 하거나 공을 차는 오빠도 있다. 요양원 마당에 보이는 사람이라고는 운전사나 면회를 오는 외부 사람뿐이다.

"잘 지냈어?"

우리 딸이 없는데 잘 지내면 안 되지.

"엄마 지금 한 말 농담이야?"

그냥 감동하고 넘어가.

엄마가 장난스럽게 내 코를 살짝 잡아당겼다.
"청소하는 것보다 조리사 하는 게 낫지?"

좋은 점도 있고 아닌 점도 있고.

엄마는 지난달부터 요양원 주방에서 일한다. 주방 보조인 셈이다. 집에서도 엄마는 음식을 만드는 일에 서툴렀다. 그런 엄마가 주방 보조 일을 한다. 나는 엄마가 청소를 하는 것보다 주방에서 일하는 게 좋다. 청소라고 하면 제일 먼저 화장실이 떠오르니까.

요양원 건물 5층 복도 끝에 있는 방으로 갔다. 문을 열자 따뜻한 기운이 느껴졌다. 조심스럽게 커튼을 걷고 침대에서 자고 있는 할머니를 봤다. 얼굴이 더 앙상해졌다.

요즘은 깨어 있는 시간보다 주무시는 시간이 많아.

"많이 나빠?"

내 말에 엄마는 대답을 하지 않았다. 나는 개수대에서 손을 씻은 뒤 할머니 얼굴을 가만히 만졌다. 우주 생각이 났다. 너무 조그마해서 그때는 손바닥이 아니라 손가락으로 얼굴을 만졌다.

배고프지? 밥 먹으러 가자.

엄마와 함께 1층 식당으로 갔다. 엄마가 그릇에 밥과 반찬을 담았다. 그런데 두 개였다.

너랑 같이 먹으려고 나도 안 먹었어.

두 시가 다 되어 간다.

"김천 할머니 만났어. 밤 주셨어. 김천 할머니가, 할머니 좋은 데 가시라고 기도해 주신대."

고맙네. 얼른 먹어.

엄마가 식탁 위에 놓인 음식들을 가리켰다. 엄마랑 같이 살 때 엄마는 내가 밥을 안 먹어도 신경 쓰지 않았다. 아니 신경은 썼겠지만 표현하지 않았다. 볼 때마다 조금씩 달라지는 엄마를 보는데 그게 이상했다. 내가 아가였을 때 반찬을 일일이 숟가락에 올려 주고 내가 먹고 삼킬 때까지 바라봤던 엄마 모습이 떠올랐다. 그때 엄마는 내 표정을 보면서 내가 무얼 좋아하는지, 싫어하는지 알아차렸다.

"엄마."

엄마가 빤히 내 얼굴을 봤다.

'달라지지 마.'라는 말을 간신히 참았다. 엄마가 이렇게 잘해 주고 그러면 마음이 싱숭생숭해지면서 약해진다. 마음이 약해지면 안 된다. 할머니도 엄마도 온 힘을 다해 버티고 있다는 것을 안다. 나 역시 엄마와 할머니한테 잘 지내는 모습을 보여 줘야 한다.

"엄마도 많이 먹어."

엄마가 내 밥 위에 장조림을 올려 줬다. 내가 좋아하는 반찬을 내 앞으로 밀어 놓는 엄마 덕분에 나는 평소보다 밥을 많이 먹었다.

밥을 먹은 뒤 엄마와 나는 고시원 건물에 있는 휴게실로 갔다. 요양원에도 휴게실이 있지만 엄마는 아픈 사람들이 있는 곳에 내가 있는 것을 싫어했다.

할머니도 고시원 휴게실을 마음에 들어 했다. 고시원 휴게실에 갈 때는 얼굴도 신경 쓰고 밝은색 옷을 입었다.

"여기는 꽃봉오리가 맺을락 말락 하고, 저기는 꽃이 떨어지는 곳이니까. 모든 게 순리다. 사람이 죽는 것도."

엄마는 갖고 온 컵에 커피 믹스를 탔고 나는 간이매점에서 아이스크림을 골랐다. 엄마는 내가 찬 음식 먹는 것을 싫어하지만, 오늘은 참아 줬다.

"엄마, 춤 잘 춰?"

엄마가 잠시 멈춘 시계처럼 있더니 앉은 채로 몸을 흔들었다. 유연한 웨이브가 느껴지는 몸짓이었다.

"오올!"

나는 두 손을 양쪽 귀에 대고 손목을 좌우로 흔들었다. 눈으로 볼 수 있는 박수다. 반짝반짝, 반짝반짝. 손바닥을 부딪쳐서 소리를 내는 박수도 좋지만 나는 볼 수 있는 박수가 더 좋았다.

상지한테 들었어?

"응. 엄마가 춤 잘 춘다는 게 거짓말 같아서."

엄마가 얼굴도 예쁘고 춤도 잘 추고 그랬어. 말을 못 하는 대신. 인기가 너무 많아서 할머니가 고생했어. 남자들 내쫓는다고.

엄마는 아무렇지 않게 자기 자랑을 늘어놓았다. 사실이다. 지쳐 보이지만 여전히 엄마 얼굴은 갸름하고 예쁜 편이다. 키도 165에 몸매는 늘씬하다. 할머니도 160이 넘는다. 그런데 길쭉길쭉하고 갸름한 엄마와 다르게 나는 얼굴도 몸매도 동글동글하다. 아빠도 길쭉길쭉한데 나는 어디에서 온 건지 고민을 한 적이 있었다. 고민은 쉽게 풀렸다. 아빠의 아빠, 그러니까 할아버지를 닮았다. 할아버지의 유전자가 손녀인 나한테 나타난 것이다.

"엄마 입으로 예쁘다 그런 얘기 하면 오글거리지 않아?"

왜? 맞는 말 하는 건데.

뻔뻔한 엄마 덕에 웃음이 터졌다. 엄마도 같이 웃었는데 광대뼈가 도드라지게 튀어나왔다.

우연아, 너 진짜 다이어트 하는 거 아니지?

내가 엄마 얼굴을 보고 살이 빠졌다고 생각한 것처럼 엄마도 내 얼굴을 보고 있었나 보다.

"다이어트 하면 상지 언니가 그냥 두겠어? 언니가 자기 밥은 안 먹어도 내가 밥 안 먹으면 들들 볶아."

하긴. 상지는 잘 지내?

"딴 일 찾아볼 거래."

기획안 엎어졌나 보네. 맨날 안 한다고 해도 또 할 거야. 상지 기분이 말이 아니겠네. 우리 우연이 못 챙겨 주겠다.

"엄마, 우리는 같이 챙겨. 공평하게."

상지 언니는 전형적인 저녁형 인간이다. 아침에 내가 학교에 갈 시간까지 못 일어나기 일쑤다. 학교에 가서도 상지 언니를 깨우려고 전화를 한 적도 많다. 하지만 귀찮다는 생각은 안 들었다. 내가 아니었다면 상지 언니는 방송국 옆 오피스텔에서 잠을 자고 집에 안 오는 날이 많았을 거다. 먹지도 않는 아침 식사를 위해 꼭 예약 취사를 하고 반찬은 신경 써서 주문을 한다.

내 말에 엄마가 머리칼을 쓰다듬어 줬다.

우연이 할 일이 너무 많네. 공부도 해야 하고 엄마랑 할머니 보

러 여기에도 와야 하고 상지도 챙겨야 하고.

"학원 하나만 다니니까 괜찮아. 나영이는 다섯 개거든."

방학인데 영어 학원만 다니면 그렇지 않아? 요즘 발레 배우는
게 유행인 것 같던데.

나는 온몸으로 싫다는 표시를 했다. 나풀거리는 분홍 원피스에 몸
에 딱 붙는 타이츠는 생각만 해도 끔찍하다. 야구라면 몰라도.
"그냥 놀래."
신 아줌마 얘기를 꺼낼까 말까 고민하다가 안 하기로 했다. 살이 빠
진 엄마 모습도 그렇고 이곳에 있는 엄마가 해결할 수 있는 일이 아니
니까.
아이스크림을 먹고 나서 나는 할머니 방으로, 엄마는 식당으로 갔
다. 고시원과 요양원 합쳐서 200명이 넘는 사람들의 식사를 준비하려
면 4시부터는 바쁘게 움직여야 한다.
할머니는 깨어 있었다.
"할머니이!"
할머니 눈이 커지면서 얼굴의 모든 근육이 움직였다.
"언제 왔어? 밥은 먹었어?"
"밥도 먹고, 아이스크림도 먹었어."

"우연아, 침대 좀 일으켜 봐."

난 얼른 침대 끝에 있는 손잡이를 돌려 할머니가 앉을 수 있게 했다. 텔레비전을 켜서 할머니가 좋아하는 프로그램을 찾았다.

"아무 데나 틀어 놔. 안 심심해."

옛날 노래가 나오는 채널을 찾아 놓고 쟁반과 칼을 챙겨 왔다.

"할머니, 밤 먹을래? 김천 할머니가 줬어."

가방에서 검정 봉지를 꺼냈다. 밤이 아주 통통했다.

"그이가 마음이 좋아."

밤껍질을 벗겨 할머니 입속에 알맹이를 넣어 주고 싶었지만 껍질을 벗기기가 어려웠다.

"이리 줘."

어설픈 칼질을 보던 할머니가 나섰다. 어떻게 해야 할지 몰라서 망설이는데 할머니가 슬쩍 웃었다.

"우연아, 할머니 아직 괜찮아. 안 괜찮으면 여기 못 있어. 저짝 병원으로 가야지."

할머니가 말하는 저짝 병원은 부근에 있는 요양 병원이다. 할머니 기준으로 이곳과 가장 큰 차이는 환자복을 입는 거다.

"그거 입으면 더 아프고 사람이 불쌍해 보이고 그래. 약 먹어도 아프면 요양 병원 가고, 거기서 죽으면 그 위에 수목장하는 데 가면 돼."

할머니는 그래서 이곳이 좋다고 했다. 큰 마트에서 모든 물건을 살 수 있는 것처럼 여기에서 마지막까지 정리할 수 있다고.

할머니가 깨끗하게 깐 밤을 나한테 내밀었다. 입을 크게 벌리자 할머니는 내 입에 밤을 쏙 넣어 주었다. 달큰하면서도 고소했다.

"할머니도 먹어."

할머니가 나한테 한 것처럼 할머니 입에 깐 밤을 넣어 줬다. 할머니는 아직 틀니도 안 하고 젊은 할머니인데. 마음이 울적해서 일어나 물을 챙겨 왔다.

"여기, 물."

할머니가 컵을 잡는데 손목이 너무 가늘었다.

"할머니, 우주 알아?"

할머니가 안다고 하면 말하고, 모른다고 하면 그냥 넘어갈 생각으로 슬쩍 물었다.

"우연아, 할머니 봐."

할머니 얼굴을 바라보자 할머니가 내 손을 잡았다.

"네 할머니 치매 아니야. 우주가 연락했을 리는 없고, 네 아빠 연락 왔냐?"

아빠가 호주로 간 뒤 연락 안 한다고, 전화번호도 바꾸고 나를 버렸다고 난리 친 것도 엄마가 아니라 할머니 앞에서였다.

"신 아줌마가 전화했어. 아빠가, 연락이 안 된다고."

나는 신 아줌마 전화를 받고 아빠를 찾아갔지만 아빠가 다른 곳으로 떠났다는 얘기까지 차근차근 했다. 움푹 들어간 할머니 눈이 더 들어갔다.

"몹쓸 인사 같으니라고. 왜 그렇게 철이 없는지."

"할머니, 비밀이야."

할머니가 검지를 들어 입술 위에 올렸다.

"우연이 머리 아프겠다."

할머니 말이 떨어지자마자 상지 언니를 말리느라 힘들었다는 얘기까지 주저리주저리 늘어놓았다.

"거기 애가 다섯 살인가 그렇지? 나 죽기 전에 네 아빠 철들지 모르겠네."

"할머니 빨리 나아."

죽는다는 말이 나오면 겁이 난다. 빨강 립스틱을 바른 할머니가 반짝이는 옷을 입고 춤을 추러 가는 모습을 보고 싶다. 예전에는 그게 그렇게 싫었는데 지금은 후회가 됐다. 나도 후회를 하는데 아빠는 후회를 아주 많이 했으면 좋겠다.

해야 할 일은 하고 살자

"언니, 이래도 돼?"

"심플 이즈 더 베스트. 단순하고, 심플하게 살기로 했어."

처음에는 주저주저하더니 상지 언니 손이 금세 가차 없이 움직였다. 커다란 상자 두 개가 순식간에 채워졌다.

상지 언니는 새해부터 미니멀 라이프를 외쳤다.

"미니멀 라이프가 뭐냐 하면 시간과 돈에서 자유로워지는 거야."

뭔가를 기대했던 나는 상지 언니 말에 속으로 콧방귀를 뀌었다. 자본주의 사회에서 시간과 돈에서 자유로워지려면 당연히 돈이 있어야 한다. 더 많은 돈 말이다.

상지 언니는 계약금을 받을 때면 옷과 가방, 화장품을 사들였다. 그때의 기쁨을 언니는 잊고 있는 것 같다. 내 생각에 미니멀 라이프가 집을 깨끗하게 해 주는 효과는 있겠지만 정신적으로 줄 수 있는 위안은 딱히 없다. 공간이 조금 더 넓어졌구나 하는 정도?

상지 언니는 옷부터 버렸다. 2년 동안 한 번도 안 입었던 옷, 입어서 불편한 옷(이건 상지 언니의 몸무게와도 관련이 크다.), 세일할 때 샀던 옷 등등. 처음에는 티셔츠, 치마 등이 나왔지만 어느 순간 원피스, 재킷, 점퍼 등 점점 비싼 옷들이 나오기 시작했다.

키가 작은 연주 언니는 상지 언니가 버리는 옷들을 보며 아까워하다가 다행히 핸드백 중에서 마음에 드는 것을 하나 골랐다. 상지 언니의 옷 버리기는 5차까지 이어졌다. 그래도 옷장에서는 요술 램프처럼 여전히 많은 옷들이 나왔다. 상지 언니는 홀가분한 표정으로 잔잔한 꽃무늬가 있는 노랑 스카프를 나한테 내밀었다.

"이거 아주 비싼 거야. 이렇게 묶으면 귀여워."

상지 언니랑 예전에 사귄 아저씨가 해외여행을 다녀오면서 사 온 스카프다.

"언니, 내가 이거 하면 그 아저씨 생각 안 날까?"

"전혀. 내 콘셉트가 귀여운 쪽은 아니니까 이거 안 하고 다닌 거야. 난 좀 시크하고 멋진 쪽이랄까. 넌 귀여우니까 노랑노랑한 게 어울려."

언니가 손거울로 내 모습을 보여 줬는데 검은 셔츠에 걸친 스카프가 예뻐 보였다.

언니는 안 쓰는 액세서리, 화장품, 구두도 과감하게 버렸다. 상지 언니가 가장 고심한 것은 책장을 가득 채운 책들이었다. 천 권이 넘는 책을 몇 날 며칠 훑어보던 상지 언니 눈에서 고민이 느껴졌다.

"77, 38, 99, 너 어떤 숫자가 좋아?"

"그게 뭔데?"

"몇 권의 책을 남길지 생각 중이야."

언니가 서울에 올라온 뒤 한 권, 두 권씩 쌓이고 쌓였던 책이었다. 이사를 갈 때면 제일 먼저 챙기던 책까지 정리하겠다는 말에 깜짝 놀랐다.

"언니, 괜찮겠어? 다시 필요하지 않을까?"

지금은 일을 그만두겠다고 하지만 방송 작가를 그만두고 다른 일을 하는 언니를 상상할 수 없다.

"책에 치이는 삶을 살고 싶지 않아. 어렵지만 해보겠어."

책이 필요하고 책을 사랑하는 언니한테 책을 버리는 일은 쉽지 않았다. 언니는 몇 번이나 남겨 둘 책을 선정하느라 고심했다.

금요일 저녁이었다. 웬일인지 연주 언니가 일찍 왔다. 그런데 얼굴이 안 좋았다. 방으로 들어가려는 연주 언니를 상지 언니가 붙잡자 연주 언니가 눈물을 뚝뚝 흘렸다. 생각지 못한 일이어서 나도 상지 언니도 어쩔 줄 몰랐다.

"괜찮아, 괜찮아."

상지 언니가 연주 언니를 껴안다시피 하며 등을 토닥이자 연주 언니가 우는데 우는 소리가 답답했다. 그냥 엉엉 큰 소리로 울면 되는데 소리를 최대한 감추려는 듯이 속에서 내는 울음소리였다. 상지 언니가 눈짓으로 들어가라고 해서 어쩔 수 없이 방으로 들어왔다. 나는 방문을 반쯤 열고 핸드폰에서 신나는 노래를 골라 틀었다. 최대한 크게. 그동안 우리 집은 크게 소리 낸 적이 없으니까 오늘 하루쯤은 옆집도, 윗집도 봐주지 않을까. 연주 언니도 이런 내 마음을 알았는지 우는 소리가 조금은 커졌다.

울음소리가 조금 잦아드는 것 같아서 살짝 고개를 내밀었다. 연주 언니는 멋쩍은 듯 휴지로 코를 팽팽 풀었는데 빨간 코끝이 안쓰러워 보였다.

"힘들지? 뻔한 소리지만 그래도 힘……."

"죽었어요."

나는 조용히 거실로 나가 소파 구석에 앉았다. 연주 언니 눈에 또 눈물이 고이면서 말을 잇지 못했다. 분위기와 상관없이 경쾌한 노래 소리가 들렸다.

"같이 스터디 하던 사람이, 죽었대요."

연주 언니는 느릿느릿 말을 이어 갔다. 학원에서 가끔 보고 같이 스터디를 한, 친구는 아니지만 연주 언니와 같은 목표를 갖고 공부를 하던 사람이 세상을 떠난 것이다.

"많이 외롭고 힘들었을 것 같아서……. 우울증이 있었대요. 스터디 그만한다고 할 때 얼굴이라도 보고 얘기를 했으면 어땠을까 싶어요.

언니, 근데 그런 관계를 맺고 친해지는 게 두려운 거예요. 그냥 아는 사람이 아니라 친구가 돼서 관계가 깊어지고 그러면 방해가 될 거 같고. 지금이 중요한 시기니까. 예전에 그 친구가 그랬어요. 내가 뭐 하는 건지 모르겠다고. 친구 안 만난 지가 1년도 넘었다고…‥. 시험만 끝나면, 시험에 합격하면, 하면서 모든 걸 미루기만 한다고."

목소리 하나는 정확하고 큰 상지 언니에 비해 연주 언니는 몸도 작고, 목소리도 가냘프다. 목소리에도 표정이 있다면 지금 연주 언니 목소리는 아주 슬픔이다.

"그만할까 봐요. 나도 죽자고 하거든요. 저번에 같이 스터디 하는 애가 합격했는데‥…, 그 애가 미운 거예요. 그 애도 많이 힘들었겠지만 나도, 나도 돼야 하거든요. 오늘 죽은 사람 얘기 듣는데 아프고 그 마음이 이해가 되고, 또 그러면서도 학원 수업 듣고 앉아 있는 내가 싫고. 내가 왜 이렇게 사는지…… 내가 뭘 해야 하는지 모르겠어요."

상지 언니가 벌떡 일어나더니 자동차 열쇠를 챙겼다.

"가자."

"어디?"

연주 언니가 영문을 몰라 어리둥절했다.

"네가 해야 할 일이 있잖아. 인사는 해야지."

나는 얼른 방으로 들어와 파카를 껴입었다. 밖으로 나오니 연주 언니 표정이 한결 나아 보였다.

"나도 나이만 먹고 모르겠는데, 우선은 사람이 해야 할 일은 하고 살

자. 복잡하게 재고 그러지 말고."

현관으로 향하던 상지 언니가 갑자기 돌아섰다.

"너는 그냥 집에 있어. 어딜 간다고 따라 나와?"

"어, 우연아. 너는 안 와도 돼. 거기 지방이야."

이럴 줄 알았다. 이럴 때 화를 내면 안 된다. 나는 한껏 연약한 표정
을 지어 보였다.

"언니, 나 혼자 무서워서 못 있어. 언니 올 때까지 벌벌 떨고 있을 거
야. 한 시간이 열 시간처럼 느껴질 거고, 혼자 있다가 혹시나……."

상지 언니가 픽, 하고 비웃음을 날렸지만 가면을 벗지 않았다. 상지
언니의 낡고 오래된 차에 세 명이 처음으로 함께 탔다. 앞으로 꼬박 세
시간은 가야 한다.

연주 언니는 자신의 일상에 대해 천천히 얘기했다. 학원, 독서실, 스
터디 모임, 식당을 오가는 뻔한 생활이지만 그 생활을 더 단순하게 만
들려고 안간힘을 쓰는 것 같았다. 공시를 준비한 지 3년째인 연주 언니
는 학원가를 벗어나기가 싫다고 했다. 루저 같아서. 그러다 보니 취직
을 하거나 시험에 합격한 친구들과도 거리가 멀어졌다고 했다. 무엇보
다 부모님께 계속 짐을 지우는 것만 같아 미안하다고 했다. 한겨울에
도 앞이 트인 슬리퍼를 신는 사람들이 이상했는데 자신도 그러고 있
다던 연주 언니 말이 갑자기 끊겼다.

"서, 설마 애 자는 거야?"

어느새 연주 언니가 숨을 색색거리며 자고 있었다.

"너도 자."

"졸음 운전하면 어떡해?"

"내가? 나 밤에 강한 여자야."

맞다. 상지 언니는 밤이 훨씬 더 익숙한 사람이다. 언니 말에 안심을 하고 잤다.

눈을 떴을 때는 병원 주차장이었다. 깜짝 놀라 주변을 살펴보니 차 밖에서 상지 언니가 스트레칭을 하고 있었다. 문을 열자 찬 기운이 온몸을 파고들었다. 파카를 꺼내 들고 밖으로 나갔다.

"어, 일어났어?"

상지 언니가 양어깨를 빙빙 돌렸다. 나는 맞은편에 서서 상지 언니가 하는 동작을 따라 했다. 상지 언니와 나는 별말 없이 몸을 이리저리 움직이며 추위를 견뎠다.

탁탁탁탁, 발걸음 소리가 들리고 연주 언니가 나타났다. 한 손에는 우유와 빵, 과자가 든 비닐봉지를 들고 있었다.

상지 언니는 운전석에, 연주 언니는 조수석에, 나는 뒷자리에 다시 탔다. 딱히 먹고 싶은 생각이 없었지만 우유와 과자를 먹었다.

"고마워."

뒤를 돌아보는 연주 언니 얼굴이 조금은 가벼워 보였다. 마지막 인사를 해서 다행이라는 생각이 들었다.

상지 언니와 연주 언니, 나는 별 시답지 않은 얘기를 하며 서울이 아니라 연주 언니의 시골집이 있는 상주로 달렸다. 주차장에 있을 때 연주 언니 시골집이 이곳에서 멀지 않다는 얘기를 나눴고, 연주 언니도 조금은 쉬는 게 낫겠다고 했다.

새벽에 도착한 우리를 연주 언니 엄마와 아빠가 반갑게 맞았다. 상지 언니랑 나는 연주 언니가 쓰던 방에서 잠을 잤다. 한나절이 지나서야 일어나 안방에서 늦은 식사를 했는데 정말 상다리가 부러질 정도로 반찬이 많았다. 불고기 볶음과 커다란 생선구이에 비슷해 보이지만 다른 나물들이 세 가지나 됐다. 나물 다듬는 게 얼마나 귀찮은 일인지는 할머니 덕분에 잘 알고 있다. 상지 언니도, 나도 한 공기를 뚝딱 비웠다.

"잘 무서 좋네. 밥 더 줄까?"

아줌마 말에 나도 상지 언니도 부른 배를 내밀며 손사래를 쳤다. 우리 모습을 보고 아줌마랑 연주 언니가 웃었다. 한눈에도 엄마와 딸인 것을 알 수 있을 만큼 닮은꼴이었다.

상지 언니와 나는 서둘러 돌아갈 준비를 했다. 장례식장이 있는 곳에서 더 남쪽으로 온 까닭에 집과 더 멀어졌다.

연주 언니 아빠가 커다란 종이 상자를 꽁꽁 맸다. 상자 안에는 참기름, 깨소금, 산삼뿌리, 말린 대추와 시래기, 우엉, 텃밭에서 키우던 무까지 한가득이었다. 마지막이라고 하면서도 아줌마 아저씨는 번갈아 가며 먹을 것을 들고 왔다.

"방값도 싸게 해 주고 정말 좋은 언니라고 해서, 고맙다고 생각하면서도 가 보도 못하고. 우리 아 잘못한 거 있으면 동생이라 생각하고 야단도 치고 좀 잘 봐 주이소."

"아닙니다. 정말 연주 덕분에 사람 사는 것처럼 살고 있습니다. 워낙 깔끔해서 청소도……, 아니 어머니, 저희가 청소는 당번을 정해서 해요. 연주한테 시키는 게 아니라."

아줌마는 상지 언니 손을 잡고 '고마운 작가 선생님'이라고 했는데 그럴 때마다 상지 언니는 부끄러워 어쩔 줄 몰랐다.

차에 타려는데 아줌마가 내 손에 3만 원을 쥐어 줬다. 연주 언니 입이 살짝 곡선을 그리는 것 같아서 거절하지 않고 감사하게 받았다. 연주 언니는 조금 더 있다가 온다고 했다.

집으로 돌아온 상지 언니는 과감하게 책을 정리했다. 책 제목을 적어 둔 종이도 필요 없었다.

"한 치 앞도 모르는 게 인생이야. 내 자신이 제일 중요해. 표피에 연연할 거 없다는 말이지."

저번에 언니가 미니멀 라이프 어쩌고 할 때는 겉도는 느낌이었는데 지금 언니는 진짜 미니멀 라이프에 통달한 사람처럼 보였다.

나는 언니가 책장에서 내린 책들을 노끈으로 묶을 때 가위로 잘라 주는 일을 했다. 책을 묶을수록 언니 표정이 밝아졌다. 책을 정리하고 버리기까지 한 시간도 안 걸렸다. 생각보다 너무 간단해서 놀랐다.

자기 전 엄마한테 말을 걸었다.

연주 언니 엄마한테 3만 원 받았어.

귀한 돈 주셨네. 너 그 돈 귀하게 써.

귀하게 쓰는 게 뭔지 엄마한테 물었더니 엄마 기준에서 귀하게 쓰는 것은 먹고 싶은 거 먹을 때 쓰거나, 좋은 일에 쓰는 거라고 했다. 언젠가 텔레비전에 나온 다큐멘터리에서 나물 파는 아줌마가 하루 종일 일해서 번 돈이 3만 원이라는 것을 본 기억이 났다. 연주 언니 엄마가 준 돈은 나중에, 아주 나중에 쓰자는 생각이 들어서 내가 좋아하는 책 사이에 끼워 놨다.

"남자들의 우정 그런 걸 브로맨스라고 하면 여자들의 우정 그런 거는 뭐라고 하냐?"

연주 언니 집에 다녀온 이야기를 듣던 나영이가 물었다.

참새가 방앗간을 못 지나치는 것처럼 우리의 방앗간은 화장품 가게다. 이곳에서는 비비크림이든 립스틱이든 아이라이너든 아무리 바르고 지워도 괜찮다.

"몰라."

"브라더 로맨스, 브로맨스. 여자들의 우정을 나타내는 말도 있을 건데……, 시스터 로맨스, 시로맨스? 어째 어감이 별로네. 잠만."

나영이가 핸드폰을 꺼내 검색을 했다.

"있다 있어. 워맨스래 워맨스. 상지 언니가 워맨스를 보여 준 거지. 연주 언니랑은 임대인과 임차인의 관계잖아. 모른 척할 수도 있고 말로만 할 수도 있는데, 차 키 딱 챙기고 '야 타!' 완전 멋지잖아? 근데 연주 언니는 언제 온대? 연주 언니 이번에는 꼭 붙었으면 좋겠다."

그건 나도 마찬가지다. 꼭 붙었으면 좋겠다. 시험 준비하느라고 뭘 놓치는지 모르겠다는 연주 언니 말에 울컥했다. 그렇게 했는데도 결과까지 안 좋다면……. 나는 얼른 고개를 저었다.

"야, 야! 진우연!"

"어? 쏘리! 뭐라고 했어?"

나영이 입술이 빨갛다. 광고판에 붙어 있는 모델과 똑같은 포즈로 입을 쭉 내밀었는데 어색하고 이상하다. 솜에 리무버를 묻혀서 건네자 나영이가 거울을 보며 북북 문댔다.

"어른이 되면 어울릴까?"

"글쎄."

할머니는 빨강 립스틱이 잘 어울리지만 엄마랑 상지 언니는 어울리지 않는다. 왜 그런지 모르겠지만 나는 빨강 립스틱이 어울렸으면 좋겠다. 나영이가 바른 색보다 더 빨간 립스틱을 거울을 보며 발랐다. 입술선을 생각하며 제대로 발랐다. 화장대에 앉은 할머니가 했던 것처럼 마지막으로 입술을 오므렸다 폈다를 몇 번 반복했다.

"오올!"

엄지를 척 내밀던 나영이가 내가 바른 립스틱과 똑같은 립스틱을 바구니에 담았다.

"왜?"

바를 수도 없는 립스틱을 살 필요는 없다.

"내가 쏠게."

"우유 아이스크림이나 쏴."

나영이는 내 말을 들은 척도 안 했다.

"제주도, 제주도에서 바르라고. 원래 여행지에서는 강렬하게 바르는 거야."

제주도에 가자고 했을 때 상지 언니는 아무 말 없이 머리를 쓰다듬어 줬다. 상지 언니는 아빠가 있다는 곳으로 바로 전화를 했다. 전화번호의 주인은 게스트하우스 사장이었는데 아빠의 고모할머니 딸로 촌수는 멀지만 어쨌든 친척이었다. 사장 아줌마는 아빠가 없다고 말했지만 내가 아빠를 만나러 간다고 했을 때는 조심해서 오라고 했다.

"입술 빨갛게 칠하고 나타나면 우리 아빠 헐, 하고 놀랄걸."

설마 나를 몰라보지는 않겠지.

"참나. 아빠랑 있을 때는 얌전하게 있어야지. 우리 언니 입술 빨갛게 바른 거 보고 울 아빠 얼굴이 완전, 세상이 사라질 것처럼 절망적이었어. 그러니까 립스틱은 아빠 없을 때 발라야지. 영화나 소설 보면 늘 여행지에서 썸씽이 나잖아. 나풀거리는 원피스 입고 머리를 흩날리는데 멋진 남자가 와서 아으윽! 혹시 몰라. 너도 제주도에서 멋진 남자를 만나서 불꽃같은 사랑을……."

"상지 언니에 아빠까지 있는데?"

"원래 장벽이 있어야 스릴도 있고 그래. 괜히 더 짜릿하고 찐한 거."

"19금?"

"휘이, 큰일 날 소리. 청소년 관람가 정도로만 오케이?"

입에서 절로 한숨이 나왔다. 아빠 만나러 제주도 가는데 불꽃같은 사랑이라니.

"물론 너의 제주도 방문 목적은 아빠를 만나는 거지. 근데 꼭 하나만 할 필요 있어? 뭐든 멀티가 돼야 한단 말이지. 이것도 하고 저것도 하고, 일타쌍피 꿩 먹고 알 먹고. 아빠도 만나고, 운명의 러브도 만나고."

딸 셋의 막내인 나영이는 사랑을 많이 받아서 그런지 모든 일에 긍정적이다. 나는 긍정적이고 밝은 척을 하지만 나영이는 원래 그렇다. 그래서 많이 부럽다.

"운명의 러브 만나면 뭐, 어떻게 해?"

"어쩌긴. 오늘부터 1일, 하는 거야."

내가 1일 하면 상대방이 웃으면서 오케이 하나. 해피엔딩 드라마의 역기능이다.

"'싫은데.' 그러면?"

말하는 순간 내 앞에서 매몰차게 등을 보이고 걸어가는 남자의 뒷모습이 떠올랐다. 생각만으로도 짜증이 난다. 나영이도 순간 자신이 거절당한 것처럼 인상을 잔뜩 찌푸렸다.

"그러면, 이렇게."

가운뎃손가락을 들어 올리는 나영이의 손을 잡고 바구니에 든 빨강 립스틱을 제자리에 뒀다. 그 대신 붉은 톤의 립글로스를 골라 바구니에 넣었다. 나영이 말처럼 일타쌍피, 하나의 돌로 두 개. 한 번쯤은 이런 행운이 있으면 좋겠다.

선샤인 게스트하우스

비행기가 하늘에서 땅으로 내려왔다. 안내 방송이 나오자 승객들이 안전벨트를 풀고 주섬주섬 짐을 챙겼다. 창밖으로 넓게 펼쳐진 활주로가 보였다. 활주로에 서 있는 비행기 뒤편에서 청색 작업복을 입은 사람들이 포장된 짐들을 커다란 카트에 옮기고 있었다. 사람들 입에서 하얀 김이 모락모락 나오는 것을 보고 목도리를 단단하게 맸다.

내 옆에 상지 언니는 없다. 하필이면 어제 상지 언니한테 새로운 일이 들어왔다. 땜빵이지만 돈을 많이 주는 일이라 언니가 갈등하는 걸보고 내가 일을 하라고 부추겼다. 상지 언니는 프리랜서라 언제 또 새로운 일을 시작할지 모른다. 일이 들어왔을 때 일을 하고 돈을 모아 둬야 한다.

사람들을 따라 나오니 공항 로비였다. 혹시 내 이름이 쓰인 종이를 들고 있는 사람이 있을까 잠시 둘러보다가 핸드폰에 저장된 이름을 찾아 버튼을 눌렀다. 내가 만날 사람은 게스트하우스의 사장이자 먼 친척인 이윤호 아줌마다.

비행기 시간을 알려 줬을 때 윤호 아줌마는 아빠한테 내 얘기를 못 했다고 했다. 아빠가 일주일 전에 급하게 나간 뒤로 연락이 안 된단다. 핸드폰이 없기 때문에 연락을 기다릴 수밖에 없다는 아줌마 말에 맥이 풀렸다.

상지 언니가 걱정스런 얼굴로 어떻게 할 거냐고 묻기에 그냥 가겠다고 했다. 아빠를 만날 수 있다는 생각이 들었다. 서프라이즈 파티처럼 내가 짠 하고 나타나면 아빠는 어떤 얼굴을 할까.

"……잠깐, 가만히 있으라고. 괜찮아, 괜찮다니까!"

윤호 아줌마는 누군가와 싸우는 것처럼 소리를 높이더니 전화를 끊었다. 다시 전화를 걸었지만 전화를 받지 않았다. 바깥 공기라도 쐴까 하던 찰나 벨이 울렸다.

"우연아, 아줌마가 급한 일이 생겨서 마중을 못 갔어. 진짜 미안해. 대신 멋진 오빠 보냈거든. 한진우라고. 너한테 사진 보낼 테니까."

전화가 툭, 끊겼다. 공항에 도착하면 윤호 아줌마가 당연히 나와 있을 거라고 생각했는데, 귀찮은 사람 떠넘기듯이 전화를 받아서 실망이었다. 곧 윤호 아줌마가 보낸 사진이 도착했다.

"진우연!"

소리가 나는 곳으로 얼른 고개를 돌렸다. 모자를 쓰고 있어도 잘생긴 얼굴이 눈에 띄었다. 핸드폰에 있는 사진은 실제 얼굴을 제대로 담지 못했다. 나영이가 사 준 립글로스를 바르고 만났으면 좋았을 텐데 깜박 잊었다.

할머니가 맨날 하던 말 중 하나가 '남자가 예쁘고 잘생기면 인물값 한다.'였다. 엄마가 아빠한테 반한 것도 얼굴 때문이라고 했다. 하지만 할머니도 할머니를 좋아하는 많은 할아버지 중에서 그나마 잘생긴 장 씨 할아버지를 선택했다. 장 씨 할아버지가 학자 같은 외모가 아니었다면 사귀지도, 사기를 당하는 일도 없었을 거다.

핸드폰 사진과 진우 오빠를 비교하는 동안 진우 오빠는 내 여행 가방을 들고 성큼성큼 걸어갔다. 나는 진우 오빠를 놓칠세라 따라갔다. 회색 승합차 앞에 가서 문을 열고 가방을 안에 넣었다. 내가 자리에 앉자 진우 오빠가 문을 닫았다.

"네가 김 씨 딸이냐? 날씨도 추운데 온다고 고생했네."

운전석에 앉은 아저씨가 고개를 돌려 인사를 했다. 나는 어정쩡하게 일어서서 고개를 숙이고 다시 앉았다. 진우 오빠가 조수석에 앉았다.

"안전벨트 매고. 저번에 막무가내로 안 매는 손님 때문에 걸려서 벌금 냈잖아."

아저씨는 게스트하우스의 프리랜서였다. 본업은 목수인데 손님이 많은 휴가 때면 픽업도 하고 여행 가이드도 하면서 게스트하우스 일을 봐준다고 했다.

진우 오빠는 묵묵히 듣기만 했고 혼자 떠들던 아저씨는 라디오를 틀고 콧노래로 따라 불렀다. 아빠에 대해서 묻고 싶었지만 꾹 참고 창밖을 내다봤다. 누런 야자수 나무가 보이던 도로는 어느 순간 사라지고 바다가 나타났다. 바람 때문인지 물결이 무서울 정도로 정신없이 날뛰었다.

부산에서 본 바다와는 물결이 달랐다. 할머니가 요양원에 가기 전에 부산으로 가족 여행을 갔다. 할머니, 엄마, 외삼촌, 외숙모, 상지 언니, 이모할머니까지 다 함께 번쩍거리는 쇼핑센터에도 가고, 시끌벅적한 수산 시장에도 갔지만 그냥 그랬다. 수산 시장에서 회를 먹은 뒤 할머니는 엄마 만류에도 갈치와 오징어를 사서 콘도로 갔다. 할머니가 산 갈치는 다음 날 구워서, 오징어는 찌개를 해서 먹었다.

새벽에 화장실에 갔다가 방으로 들어가려는데 발코니 의자에 앉아 있는 할머니가 보였다. 검은 어둠을 파란빛이 조금씩 몰아내고 있었다.

"할머니이."

뒤에서 할머니 목을 꼭 껴안았다. 할머니랑 마주 보고 할머니 발 위에 내 발을 얹고 춤춘 기억이 났다.

"나랑 해 뜨는 것 볼래? 우리 같이 해 뜨는 것 본 적 없잖아."

의자에 나란히 앉아서 하염없이 바다를 바라보는데 금방 뜰 줄 알았던 해는 소식이 없었다. 졸려서 눈을 감았을 때 할머니가 내 몸을 흔들었다. 붉은 해가 고개를 내밀면서 바다를 붉게 물들이고 있었다.

"좋다. 우리 우연이랑 같이 봐서, 더 좋네."

"할머니는 새벽에 일찍 일어나니까 해 뜨는 거 많이 봤지?"

"글쎄. 새벽에 일어나도 해 뜨는 걸 제대로 못 보고 살았네. 사는 게 생각보다 바빠서. 우연이는 해 뜨는 거 많이 보고 살아. 이렇게 좋잖아."

붉게 물든 할머니 얼굴은 어느 때보다 평화로워 보였다.

전화벨이 울렸다. 나는 얼른 전화를 받았다.

"잘 도착했어?"

상지 언니다. 주변에서 시끄러운 소리가 들렸다.

"응."

"재미있게 놀아. 심심하면 종종 연락하고. 언니는 다음 주 월요일에 갈 거야."

'재미있게 놀아.'라는 말이 왠지 웃겨서 키득거렸다. 상지 언니 말이 내 마음을 조금은 가볍게 만들어 줬다.

푸른 바다를 끼고 내내 달리던 차가 도로와 맞닿은 작은 카페 앞에서 멈췄다. 얕은 돌담 안에 있는 작은 카페는 전면이 창이어서 그런지 반짝반짝 빛났다.

차에서 내린 진우 오빠는 내 가방을 번쩍 들고 시커먼 돌담이 늘어선 골목으로 들어갔다. 입구에 붉은색으로 '선샤인 게스트하우스'라고 적힌 팻말이 있었다. 넓은 마당 안쪽에 일층짜리 건물 세 개가 한눈에 들어왔다. 내가 생각한 게스트하우스는 호텔처럼 크고 멋지거나 아기

자기 예쁜 건물이었지만 선사인은 옛날 집을 그냥 현대식으로 고친 거였다.

시시한 게스트하우스 모습과는 별개로 가슴이 뛰었다. 어쩌면 지금 아빠가 있을지 모른다. 아빠를 만나서 뭐라고 할지 머릿속이 복잡했다. 그때 자전거를 타고 어떤 아이가 들어왔다.

"엄마아, 엄마아!"

자전거를 내팽개치듯이 던진 아이는 가운데에 있는 가장 큰 집으로 쏙 들어갔다. 진우 오빠는 아무 말 없이 아이가 들어간 집으로 발걸음을 옮겼다. 진우 오빠가 문을 열려는데 안쪽에서 문이 열렸다. 까무잡잡한 얼굴에 눈이 큰 아이가 고개를 삐죽 내밀었다. 남자아이인 줄 알았는데 머리가 짧은 여자아이다.

"네가 우연이야?"

"응."

아이는 문을 활짝 열었다. 진우 오빠는 가방을 현관 안에 놓고 가 버렸다.

"난 애나야, 애나."

초딩 같은데 계속 반말이다.

"윤호 이모 저 방에 있어. 개가 새끼 낳다가 죽을 뻔해서 난리도 아니었어. 휴우, 참, 이모가 들어오래."

수다스러운 애나를 따라 현관 안으로 들어갔다. 생각보다 큰 거실과 주방이 있었고 기다란 복도 안쪽 방에 사람들이 있었다. 머리를 틀어

올린 은발의 아줌마와 단발머리의 젊은 아줌마였다.

은발 아줌마가 웃으며 나를 반겼는데 얼굴이 벌겋게 상기되어 있었다.

"우연이 안녕. 난 윤호 아줌마."

"안녕하세요?"

"아, 쟤가 개?"

단발머리 아줌마가 나를 보며 손을 흔들었다. 수화를 할 때면 숱하게 만났던, 악의는 없지만 내 처지를 돌아보게 만드는 눈길이었다. 나는 인사를 한 뒤 그냥 웃었다.

"배고프지? 밥 차려 줄게."

단발머리 아줌마가 밖으로 나간 뒤 방 안을 제대로 봤다. 자개가 듬성듬성 빠진 커다란 자개장과 세트로 보이는 화장대가 있었는데 화장대 위에는 화장품이 아니라 잡다한 물건들이 있었다. 침대 발치에 커다란 종이 상자가 있고, 그 안에 개가 엎드려 있었다. 갈색 털이었다.

"개가 새벽에 출산을 했는데 너무 힘들어서 마중을 못 갔어. 아줌마가 미안해. 우연이가 이해해 줘."

윤호 아줌마 사과에 아줌마 위에 그렸던 가위표를 얼른 지웠다.

"이 녀석이 내가 일어나면 울고불고 난리가 아니라서 꼼짝도 못 해. 강아지 볼래? 만지지는 말고 눈으로 봐."

무릎걸음으로 다가가 고개를 디밀고 보니 개 옆에 새끼들이 있었다. 검정 털도 있고, 갈색 털도 있었다. 크기가 손바닥 반만 했는데 신기하고 귀여웠다.

"우리 오래, 밥 먹자. 응?"

윤호 아줌마가 미역국을 어미 개 앞에 들이밀었다. 얼핏 봐도 미역보다는 고기가 훨씬 많았다. 그런데 어미 개는 미역국을 쳐다보지도 않았다. 윤호 아줌마가 한 손으로 어미 개를 천천히 쓰다듬었다.

"먹어야지. 그래야 아기들도 젖 먹고 쑥쑥 크지. 엄마가 이러면 어떡해? 먹자."

개는 귀찮다는 듯이 눈을 감았다. 새끼들은 계속 어미 개의 젖을 물고 꼬물거렸다.

"새끼가 죽어서 그래."

애나가 내 귓가에 대고 속삭였다. 애나 말을 들어서인지 어미 개가 끙끙거리는 소리가 우는 소리처럼 들렸다.

"애나야, 우연이랑 같이 점심 먹어. 우연이는 점심 먹고 아줌마랑 애기 좀 하자."

애나를 따라 주방으로 갔다. 미역국과 생선구이, 돈가스, 전복을 넣은 된장찌개, 샐러드까지 식탁이 풍성했다. 침이 절로 고였다. 나는 화장실을 찾아서 손을 씻고 식탁 의자에 앉았다.

"우연이는 몇 살이야?"

"곧 열다섯 살 돼요."

"우리 애나랑 동갑이네. 있는 동안 친하게……."

"엄마, 난 바다 보면서 밥 먹을래."

애나가 자기 엄마 말을 막았다. 나는 애나가 왜 그러는지 안다. 어른들은 아이들도 취향이 있다는 걸 왜 모를까. 어른들한테 나이가 같다고 친하게 지내라고 하면 얼마나 기가 막힐까. 우리도 그렇다. 나이가 같다고 친하게 지내는 게 아니라 좋아하는 연예인이나 음악이나 취미가 같으면 호감이 생기고 친하게 지낼까 말까 고민하는 거다. 유치원생한테 통할 법한 얘기를 중2를 앞둔 청소년한테 말하다니. 아무튼 키가 작아서 초등학생이라고 생각한 애나가 나랑 동갑이라니 조금 놀랐다. 나도 보통보다 작은 키니까 애나는 많이 작다.

"그냥 여기서 먹어."

"분위기가 좋으면 맛도 좋잖아. 너도 바다 보면서 먹고 싶지, 그치?"

애나의 뜨거운 눈빛에 "저도요!" 하고 크게 말했다.

"그럼 먹고 나서 뒷정리는 네가 해, 알았지?"

"응."

애나는 커다란 쟁반에 밥과 반찬을 담아 옮겼다. 얼결에 나도 도왔다. 애나 엄마가 마당을 가로질러 가더니 열쇠로 작은 문을 열었다. 커다란 창으로 바다가 한눈에 들어왔다. 아까 차가 섰을 때 본 카페였다. 창가 테이블에 애나가 쟁반을 놓았다.

"분위기 좋아하는 공주님들, 멋있는 풍경 보면서 맛있게 먹어."

"응."

"예."

애나 엄마는 구석에 있는 난로를 갖고 와서 우리 옆에 놓고 밖으로 나갔다.

"참, 아까 그 오빠는."

내 말에 애나가 동작을 멈췄다.

"진우 오빠는 밥 먹고 싶을 때 먹어. 자고 싶을 때 자고. 나도 그러고 싶은데…… 안 되는 거 알지?"

상지 언니가 없을 때 가끔 그렇게 하지만 나는 아무 말도 하지 않았다. 엉망진창인 아이로 보이는 것은 싫다.

내 몫의 밥과 국을 깨끗이 비웠다. 맛있으면 먹고 맛없으면 먹지 않는 게 할머니, 엄마, 나의 공통점이다. 배가 부르고 나서야 아빠 생각이 났다. 아빠 때문에 제주도까지 왔으면서 아빠를 잊고 있었다.

"우리 아빠 알아?"

"지석이 삼촌?"

애나가 아빠를 삼촌이라고 불러서인지 마음이 이상했다. 밥을 오물거리던 애나 눈이 점점 커졌다. 애나가 검지를 들어 한쪽을 가리켰다. 애나의 손가락을 따라 시선을 옮기니 도로 건너편에 한 사람이, 아빠가 서 있었다.

아빠를 보는 순간 머리끝까지 화가 났다. 털모자를 눌러쓰고 얼굴은 수염으로 덮여 있어서 지저분하고, 추레한 옷차림까지……, 아빠는 노숙자를 떠올릴 때 딱 그 모습이었다.

나는 얼른 일어나 문을 밖으로 밀었다. 그런데 문이 열리지 않았다.

"이쪽 문은 못 열어. 겨울에는 장사를 안 하거든."

애나 말에 나는 창문을 두드렸다.

"아빠, 아빠!"

창문을 두드리며 커다랗게 입을 벌려 말을 하자 아빠가 나를 쳐다보는 것 같았다. 나는 손짓으로 거기 있으라는 신호를 한 뒤 냅다 뛰었다.

달리기 하나는 자신 있다. 주방으로 연결된 문을 열고 마당으로 달려 나가는데 강한 바람이 불었다. 바람을 피하기 위해 고개를 약간 숙이고 입을 다물고 뛰었다.

어쩌면 나처럼 달려올지도 모른다고 생각했는데, 아빠는 내가 카페 앞으로 갈 때까지 그 자리에 그대로 서 있었다. 나는 숨을 고르고 제자리에 멈췄다. 10미터도 채 안 되는 거리다. 1년 7개월 만에 보는 얼굴이다.

엄마한테도 할머니한테도, 상지 언니, 나영이한테도 말하지 못한 비밀이 있다. 아빠가 호주로 떠나기 전에 마술 공연을 보여 주겠다고 했다. 집에서 가깝고 아빠와 가끔 만나던 공연장이라 혼자서 기다렸다.

10분이 지나고 20분이 지날 때까지 아빠가 오지 않았다. 전화도 받지 않았다. 공연장 앞 계단에서 지나가는 가족들을 보면서 아빠가 금방 헐레벌떡 뛰어올 거라고 생각했다.

그날 아빠는 오지 않았다. 공연이 시작되고 나서야 전화가 왔고 미안해했지만 결국 오지 않았다. 집에 가기에는 너무 이른 시간이었다. 마술 공연을 볼 만큼 큰돈은 갖고 있지도 않았다. 공연장 주변을 빙빙 돌다가 편의점에 가서 과자 한 봉지를 산 뒤 아주 천천히 먹었다. 과자를 다 먹고 나면 할 일이 없었으니까. 공연을 본 아이들이 밀물처럼 밖으로 나왔을 때도 집으로 갈 수 없었다. 아빠를 만났다면 저녁까지 먹었을 테니까. 계단에 앉아 있었다. 시간이 느리게만 흘러가는 날이었다.

아빠가 다음 날에는 나를 만나러 올 줄 알았다. 아빠는 그대로 호주로 갔고, 그 뒤로 짧은 전화 몇 번과 생일 선물로 코알라 인형과 어그 부츠를 보내 준 게 다였다.

"아빠!"

당연히 달려올 거라고 생각한 아빠가 주춤거리더니 뒷걸음질 쳤다. 전혀 예상 못 한 행동에 놀랐지만 천천히 한 걸음 내디뎠다. 그런데 아빠가 한 걸음 물러났다. 도로를 건너자 그만큼 멀어졌다. 아오씨이, 도대체 어쩌자는 건지. 5미터 남짓한 거리를 두고 나는 아빠를 째려봤다. 싹싹 빌어도 용서할까 말까인데 나를 보고 제대로 아는 척도 안 한다.

"어, 어."

뒷걸음질하던 아빠가 아예 등을 돌리고 빠른 걸음으로 걸었다. 등산용 작은 배낭이 아빠 등에서 달랑거렸다. 생각지 못한 반전이다. 나를 붙잡고 울면 어떡하나 고민했는데 나를 보고도 뒷걸음질 치는 아빠는 상상도 못 했다.

멍하니 바라보다가 정신을 차리고 아빠를 쫓아갔다.

"아빠, 아빠아!"

아빠가 속도를 내서 달렸다. 세상에 딸을 보고 도망가는 아빠가 어디 있어? 내가 아빠라면 미안해서 죽을 것 같은데…… . 내가 아는 온갖 욕들이 머릿속에 꽉 찼다.

7

질문에 답할 사람은 아빠다

눈 깜짝할 사이였다. 아빠를 놓친 것은. 그렇게 사람이 많은 곳은 처음이었다. 엄마랑 함께 가던 시장에도 사람이 많았지만 그보다 수십 배, 수백 배는 더 많았다.

"나 거기 가고 싶어, 거기."

우리나라에서 제일 크다는 놀이공원은 나한테 그림의 떡이었다. 내가 자주 가는 놀이공원보다 훨씬 멋진 놀이기구가 있는 곳, 온갖 캐릭터들이 퍼레이드를 벌이는 그곳은 오랫동안 내 머릿속에서 떠나지 않았다. 엄마한테 졸랐지만 소용이 없었다. 그래서 할머니 표현으로는 무르고 무른 아빠한테 졸랐다.

"친구들한테 아빠랑 갔다고 자랑할 거야."

내 말에 아빠는 나를 데리고 가까운 터미널로 갔다. 나는 이렇게 좋은 놀이공원이 우리 집이랑 멀다는 사실이 슬프기만 했다. 그동안 내가 갔던 놀이공원과는 비교도 안 될 정도로 새롭고 재미있는 것 천지였다. 키가 작아서 못 타는 놀이기구가 많은 게 안타깝고 시간이 가는 게 아까워서 어쩔 줄을 몰랐다.

빨강 모자를 쓴 고적대를 앞세우고 마차를 탄 공주와 말을 탄 왕자가 퍼레이드를 시작했다. 텔레비전에서 보던 장면이 눈앞에 마법처럼 나타났다. 번쩍거리는 조명에 신나는 음악과 나부끼는 리본까지, 엉덩이를 실룩거리며 따라가던 나는 어느 순간 아빠를 놓쳤다.

아빠가 옆에 없다는 것을 깨달은 여섯 살의 나는 울지 않았다. 엄마랑 다닐 때면 항상 일러 주던 규칙이 있었다. 엄마가 안 보이거나 잃어버렸을 때는 할머니나 외삼촌한테 전화를 하라고 했다.

문제는 아빠 전화번호가 기억이 안 난다는 거다. 할머니 전화번호는 머릿속에 꽉 박혀 있는데 아빠 전화번호 대신 온갖 숫자만 둥둥 떠다녔다. 아빠와 새끼손가락을 걸고 놀이공원에 온 것은 비밀이라고 약속했다. 할머니한테 전화를 하면 엄마가 알고 엄마가 알면 혼날 일 말고는 없었다. 기억을 더듬어 아빠랑 있던 곳으로 가려고 했지만 그곳이 어디인지 알 수 없었다. 나는 가까운 가게로 갔다.

"너 혹시 아빠 잃어버리지 않았니?"

내가 말하기도 전에 가게 언니는 계산대에서 뛰어나와 내 손부터 꽉 잡았다. 나는 몰랐지만 미아보호소에 간 아빠는 몇 번이나 '초록 바지에 노랑 티셔츠를 입은 아이를 찾고 있습니다.'라고 방송을 했단다.

미아보호소에서 나는 눈물을 글썽거리는 아빠를 만났다. 엄마라면 먼저 내 엉덩이를 몇 번이나 팡팡 때렸겠지만 아빠는 나를 안고 '아빠가 미안해.'라고 했다.

그랬던 아빠는 이제 없다. 8년 전처럼 나를 안고 '미안해.'라는 말을 하지 않을까 생각했던 내가 어리석었다.

멍하니 서 있다가 돌아섰다. 애나가 내 파카를 들고 있었다. 애나 역시 나처럼 스웨터 차림이다. 내 파카를 입고 있으면 덜 추웠을 텐데, 코끝이 빨간 애나를 보니 미안했다. 애나가 파카를 내밀었다.

"너 입어. 열나서 하나도 안 추워. 아오 씨이이이이이!"

내 말이 진심인 걸 알았는지 애나는 순순히 파카를 입었다. 나는 애나와 함께 조금 전 정신없이 달려왔던 길을 되돌아서 걸었다.

오른쪽에 출렁이는 바다가 보였지만 하나도 멋있지 않았다.

"유 어 마이 선샤인, 마이 온리 선샤인, 유 메이크 미 해피, 왠 스카이스 어 그레이."

뜬금없이 애나가 노래를 불렀다. 아니 노래라기보다 소리를 지른다고나 할까. 음정도 엉망, 박자도 엉망이지만 목청은 끝내주게 좋았다.

"우리 게스트하우스 주제가야. 유 어 마이 선샤인."

"진짜 주제가야?"

"왜? 이상해?"

처음 이 노래를 들었을 때 경쾌하고 즐거운 노래라고 생각했다. 그런데 가사는 떠난 사람을 못 잊어서 매달리는 내용이다. 작년에 합창부 발표 때문에 '유 어 마이 선샤인'을 적어도 백 번은 불렀다.

"맨 끝에 '플리즈 돈 테이크 마이 선샤인 어웨이'가 제발 내 태양을 뺏어 가지 말라는 뜻이잖아."

좀 구질구질하다는 말은 삼켰다.

"그래도 난 좋아. 느린 노래라면 구질구질하고 질척거리는 것 같은데 빨라서 그런지, 에이 내 태양 뺏어 가지 마아, 그러면 안 돼에엥, 그러는 거 같아서."

애나도 평범한 열네 살은 아니다.

"너 영어 잘해? 난 영어 왕 못하거든."

"우리가 어른 되면 영어 못해도 될걸. 통역기가 나와서 동시통역 되지 않을까?"

혹시 호주에 갈지 몰라서 영어 공부는 꾸준히 했다.

"그래도 난 영어 공부해야 해. 필리핀 가거든."

"영어 연수?"

"아니, 가서 살 거야. 통역기 지금 개발 못 하나? 그럼 영어 때문에 스트레스 안 받아도 되잖아."

애나는 작년 여름방학 때 제주도에서 한 달 살기를 하다가 이곳에서 계속 살게 됐다고 했다. 애나 아빠는 서울에서 회사에 다니는 기러기 가족이다.

"윤호 아줌마랑 친척이야?"

"엄마 아는 아줌마가 예전에 여기 왔다고 소개해 줬어. 윤호 이모 되게 좋아. 우리 엄마보다 말이 더 잘 통해."

애나도 나도 여러 얘기를 했지만 나를 보고 도망간 아빠에 대해서는 한마디도 안 했다. 애나는 말이 끊길 때면 유 어 마이 선샤인을 불렀다. 어느 순간 나도 애나를 따라서 노래를 불렀다. 걷다가 얘기하다 걷다 얘기하다를 반복해서 그런지 생각보다 시간이 많이 흘렀다.

카페 문을 연 애나는 테이블 위에 있던 그릇들이 사라진 것을 보고 달려갔다.

"정리도 안 하고 어디 갔다 온 거야?"

애나 엄마 목소리가 꽤 높았다. 애나는 내 눈치를 보며 입을 꾹 다물었다.

"난로는 끄지도 않고. 그냥 여기서 먹으면 치우기도 쉬운 걸 괜히 카페……."

"죄송해요. 저 때문이에요."

애나 엄마 눈길이 나한테로 왔다.

"아빠를 봤는데, 아빠가……."

뭐라고 할지 몰라 순간 망설였다. 도망갔다는 말은 하기 싫다.

"아빠인 줄 알고 뛰어갔는데 아니었어요. 애나는 걱정돼서 저를 따라왔구요."

내 순발력에 나도 놀랐다. 가끔 내가 거짓말을 잘한다는 사실을 깜빡 잊는다.

"저어기 수산 센터까지 갔어. 우연이가 길 잃을까 봐 나도 갔어."

이곳에서 내가 길을 잃을 리는 없겠지만 애나 엄마는 그냥 넘어가 줬다.

"어머, 미안해. 친구 때문에 그런 줄도 모르고 엄마가 오해해서. 우리 쩡, 아니 애나 화 안 났지?"

애나 엄마가 애나를 껴안았다. 애나가 쑥스러운 듯이 내 눈치를 보며 밀어냈다. 자리를 비켜 줘야 할 타이밍이다.

나는 안방으로 가서 노크를 하고 문을 열었다. 종이 상자 옆에 쪼그리고 누워 있던 윤호 아줌마가 천천히 일어났다. 잠을 깬 것 같아 미안해졌다. 윤호 아줌마는 상자 안을 살펴보더니 내 쪽으로 왔다. 윤호 아줌마 눈에 핏발이 서 있고 얼굴은 부석부석했다.

"점심 맛있게 먹었어?"

"예."

점심은 정말 맛있게 먹었다. 그다음이 완전 꽝이지만.

"지석이가, 아니 네 아빠가 없어서 어떡하지? 노는 핸드폰 하나 줘도 싫다고 하더라고. 여기 있으면 곧 만날 거니까 걱정하지 말고. 아빠가 먼저 연락해야 하는데……. 네 아빠가 많이 놀랄 거야. 많이 보고 싶었을 텐데."

"아빠 봤어요."

아빠를 만나려면 윤호 아줌마 도움을 받아야 한다.

"정말? 어디서?"

윤호 아줌마 목소리가 커지자 개가 끄응끄응 앓는 소리를 냈다. 아줌마가 얼른 종이 상자 쪽으로 갔다.

"아니, 아니. 괜찮아. 꿈이야, 꿈. 넌 그냥 자도 돼."

소리가 잦아들자 윤호 아줌마가 다시 내 맞은편에 앉았다.

"그럼 아빠랑 있지. 만났으니까 아빠한테 화도 내고 그래. 많이 속상하지?"

"도망갔어요."

"뭐?"

윤호 아줌마가 다시 물었다. 아빠 말고는 아무도 이해할 수 없는 일이 조금 전 일어났다.

"아빠가 나 보고 도망갔어요."

윤호 아줌마의 양 눈썹이 움찔거렸다. 아줌마는 기다란 한숨을 몇 번이나 내쉰 뒤 거칠게 마른세수를 했다.

"우연아, 아빠가 놀랐나 보다. 너 온다는 걸 몰라서 그래. 맞아, 준비가 안 돼서. 부모는 언제나 자식들한테 큰 버팀목이고 싶은데 그렇지 않으니까 속상해서, 그래서 그런 거야. 아빠한테 좀 안 좋은 일이 있나 봐. 우연이가 이해해 주면 안 될까?"

"이해가, 안 되는데 어떻게 이해해요?"

안 좋은 일이 뭔지는 모르지만 나이가 훨씬 많은 아빠도 나를 이해 안 하고 도망가는데 나는 왜 아빠를 이해해야 하나.

우리 둘 다 아무 말 없이 가만히 있었다. 윤호 아줌마가 일어나 방을 나갔다. 아줌마는 초콜릿 케이크와 데운 우유를 갖고 돌아왔다. 윤호 아줌마가 포크를 내 손에 쥐여 줬다. 점심을 먹은 지 얼마 안 됐지만 허기가 졌다.

"아줌마도 드세요."

윤호 아줌마가 먼저 케이크를 먹는 모습을 본 뒤 나도 먹었다. 입안에 들어간 케이크는 내 마음과 상관없이 맛있었다. 마음의 허기가 가라앉자 힘이 났다.

"엇!"

일어선 어미 개 얼굴을 정면으로 봤는데 오른쪽 눈이 없었다.

"사람들이 참. 누가 해코지를 했나 봐. 한동안 사람을 보면 도망가서, 무서워서 그런 줄 알았는데 배 속에 새끼들이 있었어. 자기 자식 지키려고 그런 것 보면……."

"우리 아빠는 왜 그래요?"

어깃장을 부리고 싶다.

"으응?"

"저 개도 힘든데 새끼들 지키잖아요."

한숨을 크게 내쉰 윤호 아줌마는 몇 번이나 입을 달싹거렸다.

"같은 나이라도 키가 빨리 크는 사람이 있고 천천히 크는 사람이 있지. 어른이라고 해도 마음이 천천히 자라는 사람도 있어. 또 나이는 어려도 마음이 빨리 자라서, 어른보다 씩씩하고 용감한 아이들도 있잖아. 우연이가 조금만 기다려 주자. 곧 나타나겠지."

'언제요?'라는 질문까지 윤호 아줌마한테 할 수는 없었다. 이 질문에 답할 사람은 아빠다. 내일 아니면 모레. 설마 내가 제주도를 떠날 때까지 도망 다니는 것은 아니겠지. 겨울방학은 다음 주 일요일에 끝이 난다. 오늘이 화요일이니까 늦어도 방학이 끝나기 전에는 나타나야 한다. 오늘이 첫날이라고 생각하자 뾰족한 마음이 조금은 가라앉았다.

"우리 아빠는 어디로 갔을까요?"

도망간 아빠가 또 내가 못 찾는 곳으로 갈까 걱정됐다.

"글쎄? 딸이 여기 있는데 어디로 가겠어. 조만간 돌아올 거야."

"그렇겠죠?"

아줌마가 나랑 눈을 맞추며 고개를 끄덕였다.

"참 우연이 방도 안 알려 줬네. 내가 정신이 없어서. 애나랑 같이 쓰는 건 어때? 혼자 쓰고 싶으면 그렇게 해도 돼. 방은 아주 많거든."

"애나랑 같이 쓸게요."

"그래, 그럼."

일어선 윤호 아줌마가 손을 내밀었다. 나는 윤호 아줌마 손을 잡고 거실로 나갔다. 애나가 소파에 앉아 텔레비전을 보고 있었다.

"애나야, 너 노랑 집에서 자고 싶다고 했지?"

윤호 아줌마 말에 애나가 벌떡 일어났다.

"우연이랑 같은 방 써."

나랑 같이 쓰는 걸 싫어하지 않을까 걱정했는데 애나 입이 씰룩거리는 것을 보니 좋은 모양이었다.

거실에 있는 가방을 들고 윤호 아줌마가 밖으로 갔다. 윤호 아줌마는 마당 제일 안쪽에 있는 집으로 들어갔다. 현관문이 노란색이라 노랑 집이었다.

애나는 가운데에 있는 집이 1호, 마당 안쪽에 있는 노랑 집이 2호, 입구와 가까운 집을 3호 집이라고 했다. 2호에는 1호보다 작은 거실과 미니 주방이 있었다. 거실을 지나 안쪽에 있는 방문을 열자 이층 침대가 벽에 붙어 있었다. 애나는 다람쥐처럼 이층 침대의 위 칸을 차지하고 뒹굴거렸다.

"나 여기서 잘게. 괜찮지?"

나는 크게 고개를 끄덕였다.

"보일러 틀었으니까 곧 따뜻해질 거야. 이불도 갖다 줄게. 그리고 우연이 있는 동안 서로 친하게 잘 지내. 먹고 싶은 것 있으면 아줌마한테 얘기하고."

"예."

"예에!"

신나게 대답을 한 애나는 조르르 방을 나가더니 잠시 뒤 자신의 옷과 가방을 챙겨 왔다.

"뭐야?"

열린 문으로 진우 오빠 목소리가 들렸다. 진우 오빠도 이 집에서 지내나 보다.

"우연아, 거실 오른쪽 방이 오빠 방이니까 뭐 필요한 거 있으면 오빠한테 얘기해."

"엄마아!"

진우 오빠가 짜증 난다는 듯이 인상을 구겼지만 아줌마는 끄덕도
안 했다.

"너도 이제는 얘네들 일어날 때 일어나고 밥 먹을 때 밥 먹어. 엄마
봐줄 만큼 봐줬어."

진우 오빠 얼굴이 점점 구겨졌지만 그래도 정말 잘생겼다.

나는 밖으로 나와 선샤인 앞에 있는 바닷가, 구멍이 뻥뻥 뚫린 돌담,
밥을 먹었던 카페 등을 찍어서 엄마한테 보냈다.

엄마, 멋지지?

할머니는 내가 아빠를 찾으러 간 것을 알고 있지만 엄마는 상지 언
니랑 제주도에 놀러 간 줄 알고 있다.

우와 멋지다. 재미있게 놀고 와.

엄마 문자에 힘을 냈다. 아빠가 나를 보고 도망갔다는 말은 절대절
대 할 수 없다. 할머니가 알면 단번에 달려와서 아빠 먹살을 쥐고 흔들
지 모른다.

나영이한테도 사진을 보냈다. 나영이는 적당히, 내가 서운하지 않을

정도로만 맞장구를 쳤다. 하긴 세계의 멋진 풍경을 클릭 한 번으로 볼 수 있는데 겨울 제주도 풍경에 뭔 감흥이 있을까. 아이돌 사진 한 장이 우리한테는 더 의미가 있다. 아이돌은 아니지만 아이돌 못지않은 사진 한 장이 내 핸드폰에 있다.

대애애박~ 누구? 설마 도촬?

아니나 다를까 나영이 반응은 뜨거웠다. 대답을 할 사이도 없이 톡이 쉴 새 없이 왔다.

훌륭한 비주얼, 우유남일세.
누구누구누구?

나영이 숨이 넘어가게 생겼다.

게스트하우스 아들

오호~ 갓물주 아드님.
연예인 지망생? 키? 몇 살?

키는 커. 다른 건 몰라.

목소리 듣기 힘들고 싸가지 만땅이심.

당빠. 이 정도로 생기면
성격이 온전할 리 없지.

외모지상주의자답게 나영이는 진우 오빠한테 열렬한 관심을 보였다.

완전 대박. 아빠를 찾으러 제주도 간 여중생,
싸가지 왕자님 만나다. 됐네, 됐어.

되긴 뭐가?

썸을 위한 완벽한 조건. 부러워서 미치겠다아앙.
내가 갔어야 하는데에에에~

나영이 절규가 너무 생생해서 킥킥대며 웃었다. 아빠 생각만 하는 것
보다는 다른 생각을 하는 게 훨씬 낫다.

친구를 위해 양보하겠어.

자기가 아는 사람도 아닌데 나영이는 스스럼없이 양보라고 했다.

이제

너는

제주도에서

진정한 사랑을 하는 거야.

시시한 사랑 말고 진정한 사랑을.

화살로 하트를 쏘아 올리고, 키스를 날리고, 온몸을 비비 꼬고 하늘
에 폭죽이 터지는 각양각색의 이모티콘이 주르르 달렸다. 깜찍하고 귀
여운 이모티콘을 보면서 나영이가 왜 그렇게 이모티콘에 돈을 쓰는지
알 것 같았다.

나영이는 100일 넘긴 남친만 네 명도 넘는데 나는 100일은커녕 77
일을 넘긴 남친도 한 명 없다. 초등학교 4학년 때 사귄 남자애는 외모
도 성격도 꽤 괜찮았다. 교회에서 장기 자랑을 한다면서 수화로 노래
를 가르쳐 달라는 말만 안 했다면 계속 사귀면서 진정한 사랑을 했을
지 모른다.

'진정한 사랑'이 어떤 사랑인지 모르지만 상대가 진우 오빠라면 감
지덕지다. 진우 오빠 옆에 선 내 모습을 떠올려 보려는데 할머니 얼굴
이 나타났다.

'떡 줄 사람은 생각도 않는데 김칫국부터 마시네.'

"에이, 할머니! 김칫국 좀 마시면 안 될까?"

오래오래 행복하게

　새벽에 뭔가 툭, 툭 하는 둔탁한 소리가 났다. 약간 무서웠지만 애나 숨소리가 있어 견딜 만했다.

　멀리서 종소리가 들렸는데 점점 소리가 커졌다. 어제 윤호 아줌마는 1호 집 현관 앞에 매달린 종을 쳐서 기상 시간과 식사 시간을 알리겠다고 했다. 일어나야 한다.

　"으으우웅!"

　애나가 크게 기지개를 켰다.

　"우연아아."

　잠이 묻어 있는 목소리였다.

　"나 일어났어."

"언제? 잠 못 잤어? 혹시 나 코 골았어?"

파자마 차림의 애나가 위에서 고개를 내밀었는데 반쯤 뜬 눈이 어린 애처럼 귀여웠다.

"아니. 코 하나도 안 골았어. 새벽에 이상한 소리가 나더라고."

"아아, 그거 진우 오빠가 연습하는 소리야."

"연습?"

침대에서 내려온 애나가 커튼을 걷었다. 어제는 제대로 못 봤는데 뒷마당에 천으로 덮어 놓은 비닐하우스가 있었다.

"저기서 오빠가 운동해. 공 던지는 소리일 거야."

"공? 무슨 운동?"

"야구."

"헐, 대박!"

야구라는 소리를 듣자마자 가슴에 전기가 찌릿! 하고 왔다. 진우 오빠가 야구 선수라니. 성격이 좀 까칠하긴 하지만 나영이가 말하는 운명이 아닐까 하는 생각이 들었다. 나영이가 좋아하는 로맨스 소설에서 남녀 주인공은 늘 운명적으로 만난다.

나영이 덕분에 나도 몇 번 읽어 봤지만 로맨스 소설은 배경이나 직업만 다를 뿐 기본 스토리는 같았다. 대부분 남자는 왕자님이고 여자는 평범한데 왕자를 만나면서 예뻐진다. 둘 사이에는 꼭 훼방꾼이 있다. 주인공인 여자가 재벌 딸에 미녀인 경우는 그들만의 리그가 된다. 기업 간의 합병으로 정략결혼을 하지만 결국 서로 사랑하게 되거나 아니면 결혼을 깨고 진정한 사랑을 찾는다. 공통점은 언제나 해피엔딩이라는 것. 스토리 공식을 알게 되자 재미가 없어졌다.

예전에 상지 언니는 '싱글의 조건'이라는 다큐 프로그램의 섭외 요청을 거절한 적이 있다.

"박 선배, 과부 심정 과부가 안다고 도와주고 싶은데 이건 정말 안 돼. 생각해 봐. 나는 보여 줄 게 없어. 그림이 안 되잖아 그림이……, 맨날 입으로 뭐 하지, 뭐 하지 하면서 아이템 찾고 맥주에 보쌈 세트가 다예요. 통장은 맨날 간당간당하고, 오늘이 내일이고 내일이 걍 오늘이야. 리얼 다큐라면서. 그래도 꿈과 희망을 줘야 하지 않겠어?"

'싱글의 조건'에는 플로리스트, 요가 강사, 카페 사장, 그리고 언니 땜빵으로 국제 변호사가 나왔다. 완벽하게 메이크업을 한 변호사는 영어로 업무를 보고 예쁜 운동복을 입고 한강변을 달렸고, 대학 친구들과 와인 파티도 했다.

"저 봐, 저 봐. 그림이 좋잖아. 내 옷장 봐, 저런 실크 드레스가 있기를 해? 한정판 가방이 있기를 해? 저런 곳에서 파티를 한다고 해도 저 때깔이 안 나온다고. 같이 어울리는 사람들도 봐. 전부 광채가 난다 반짝반짝."

상지 언니가 경쾌하게 말했지만 나는 그렇지 못했다. 상지 언니는 중학생일 때부터 인 서울 대학, 인 서울 직장이 목표였다. 누구보다 열심히 노력해서 그 목표를 이루었지만 가난하다. 상지 언니 대신 방송에 나온 국제 변호사는 국제 학교를 다니고 외국에서 공부한 사람이었다.

국제 학교 학비가 얼마나 비싼지는 나도 알고 있다. 불공평하다. 알고 있지만 그래도 쓰렸다. 그래서 로맨스 소설이 싫었다. 현실 가능성은 무시한 이야기니까.

"나 필리핀 가고 싶거든. 근데 진우 오빠랑 헤어지기 싫어."

로맨스 소설 공식의 훼방꾼이 등장했다. 운명이라는 생각은 금방 사라졌다. 애나가 노랑 집에 있고 싶은 까닭은 나랑 친해지고 싶어서가 아니라 진우 오빠 때문이었다.

"그 오빠 성격 별로인 것 같던데."

김칫국만 마셨다. 괜히 삐딱하게 말을 하고 나니 후회가 됐다.

"어제 나한테 말 한마디 안 하더라고."

"크크큭, 오빠가 쑥스러워서 그래. 나 여기 처음 왔을 때도 거의 일주일 동안 아무 말도 안 했어. 모르는 사람은 오해할 만해. 알고 보면 짱짱짱이야. 내가 뭐 부탁하면 잘 들어줘. 그리고 이건 비밀인데……."

애나가 내 침대 안으로 들어왔다. 너무 스스럼없어서 깜짝 놀랐지만 내색하지 않았다.

진우 오빠가 프로야구 선수를 뽑는 데 안 돼서 화가 많이 났다고 했다. 실망한 오빠는 야구를 안 한다고 선언하고 방에서 꼼짝도 안 했는데, 얼마 전부터 돌아다니기도 하고 가끔 비닐하우스에서 연습을 한다고 했다.

"작년에 어깨가 많이 아파서 경기에 못 나갔어. 꼴찌로라도 뽑히면 좋았을 텐데. 그래서 오빠 술 먹고 난리도 아니었어."

애나는 진우 오빠가 어떻게 난리를 피웠는지, 취해서 어떤 말을 했는지 생생하게 늘어놓았다.

"글러브랑 배트랑 다 버리겠다고, 오빠가 그러는데……."

술술 말하던 애나가 말을 딱 멈췄다. 애나 눈에 눈물이 살짝 맺혔다. 생각만 해도 목이 메나 보다. 애나가 훼방꾼이 아니라 내가 훼방꾼 역할을 하는 게 맞다. 주인공은 당연히 내가 아니라 애나다. 내가 보기에도 애나가 주인공 역할로 제격이다.

작년 공무원 시험 합격자 발표 날, 연주 언니는 집에 오지 않았다. '괜찮아요.'라는 문자가 오기는 했지만 상지 언니와 나는 불안한 밤을 보냈다. 다음 날 오후에 돌아온 연주 언니는 가까운 바닷가에 가서 바다가 보이는 방을 잡고 쉬었다고 했다. 원래 합격자 발표 날 가고 싶었다고 했다. 합격 소식을 듣고서 바다를 볼 거라고 예상하지 않았을까.

바로 닿을 것이라고 생각한 고지가 또 멀어졌을 때 기분을 알 수는 없다. 시험을 볼 때 성적이 잘 나올 거라고 생각했는데 별로인 경우 배신감이 든다. 하지만 나는 학생이고 시험을 볼 수 있는 기회는 많다. 하지만 연주 언니나 진우 오빠처럼 1년에 한 번 또는 평생에 단 한 번이라면……, 생각만 해도 막막하다.

"오빠 포지션이 투수야?"

"너 야구 알아?"

"조금."

잘 안다고 하면 건방져 보일 것 같아서 겸손하게 말했다.

"오빠 꿈이 오지민처럼 메이저리그에서 클로저 하는 거래."

마무리 투수라니. 마무리 투수는 보통 강심장 갖고서는 안 된다. 어제 처음 본 싸가지 진우 오빠가 내 마음속에 크게 자리 잡았다.

진우 오빠에 대한 관심과 별개로 진우 오빠를 좋아하는 애나가 점점 마음에 들었다. 특히 진우 오빠 때문에 야구에 관심을 갖고 야구 공부를 했다는 말에 속으로 깜짝 놀랐다. 내 주변에서 야구 얘기를 할 수 있는 사람은 시끄럽고 유치한 남자아이들밖에 없었다. 그리고 걔들이 관심을 갖는 것은 홈런을 뻥뻥 치는 타자, 공을 잘 던지는 투수, 치어리더들뿐이다. 야구에는 아홉 명의 선수 말고도 대주자, 대수비도 있고 2군 선수와 3군 선수도 있다.

애나와 나는 옷을 갈아입고 좁은 욕실에 같이 들어가 세수도 하고 칫솔질도 했다. 밖으로 나가려던 애나가 진우 오빠 방문 앞에서 노크를 했다. 아무 소리도 안 들렸다.

"오빠, 오빠아, 오빠아아아아아아!"

놀란 내가 애나 팔을 붙잡자 애나가 한쪽 눈으로 윙크했다.

"어제 이모가 우리 일어날 때 일어나라고 했는데에, 안 일어나면 밥도 치워 버린다고 했는데에……."

벌컥 문이 열려서 나는 얼른 비켜섰다. 진우 오빠는 검정 운동복에 부스스한 모습으로 꺼지라는 손짓을 했다. 그 순간 청춘 드라마의 한 장면이 겹쳐 보였다. 문을 닫으려는 진우 오빠를 애나가 붙잡고 늘어졌다.

"오빠, 이쪽이야, 이쪽!"

진우 오빠 허리를 잡고 애나가 매달려 달랑거렸다. 스스럼없이 행동하는 것을 보니 한두 번이 아닌 것 같았다. 진우 오빠가 애나를 떼어 내려고 했지만 애나는 생각보다 오래 버텼다.

"아오."

진우 오빠는 머리를 북북 긁었다.

"알았어, 알았다고."

"정말이지?"

애나가 팔을 풀자 진우 오빠는 욕실로 들어갔다. 진우 오빠가 졌다. 애나 말대로 투덜거려도 말을 잘 듣는 스타일 같았다. 애나는 싱글벙글하며 현관을 나섰다.

윤호 아줌마와 애나 엄마가 나란히 식탁에 앉아 있었다. 기분 좋은 미소를 지으며 반기는 윤호 아줌마와 달리 애나 엄마는 졸린지 연신 하품을 했다.

"엄마도 일찍 일어났네?"

애나가 자기 엄마 옆에 앉고 나는 윤호 아줌마 옆에 앉았다. 어제 먹은 반찬에 나물과 샐러드가 추가됐다.

"오래 때문에 아줌마가 정신이 없어서. 저녁때는 맛있는 거 해 줄게."

"아니에요. 맛있는 것만 있는데요."

애나와 나는 밥을 먹기 시작했다. 애나 엄마는 커피를 마시며 식빵을 깨작거리며 먹었다. 그사이 머리까지 감은 진우 오빠가 주방으로

와 식탁에 앉았다. 빛나는 얼굴을 찍고 싶어 핸드폰을 만지작거렸다.

"밥과 국은 네가 떠 와."

윤호 아줌마 말에 진우 오빠는 밥과 국을 퍼서 자리에 왔다. 애나가 정신없이 떠들고 간간히 애나 엄마가 거들고 윤호 아줌마가 말하고, 나랑 진우 오빠는 말없이 밥만 먹었다. 중간중간 오빠를 힐끗거리는 애나가 눈에 들어왔다. 생각보다 많이 좋아하는 모양이다. 저 정도면 진우 오빠가 모르려야 모를 수가 없다. 필리핀 간다면서 좋아하면 어쩌자는 건지. 하긴 필리핀에 있는 애나를 보러 진우 오빠가 간다면 또 썸이 되고 그런 거겠지.

"너 오늘 애들 데리고 식물원에 다녀와. 우연이 왔는데 제주도 구경은 해야지."

생각지 못한 윤호 아줌마 말에 깜짝 놀랐다.

"나도 오늘 시간 있는데."

"아니, 미정 씨는 나랑 따로 갈 데가 있고."

윤호 아줌마가 애나 엄마를 향해 눈을 찡긋거렸다. 진우 오빠를 밖으로 내보내고 싶은 모양이었다. 인상을 쓸 거라는 내 생각과 달리 진우 오빠는 묵묵히 밥을 먹었다.

"11시, 마당에 나와 있어. 없으면 안 갈 거야."

"응응. 시간 꼭 맞출게."

애나는 신나서 대답했다. 진우 오빠는 그릇을 개수대에 넣은 뒤 사라졌다.

"언니, 나도 같이 가면 좋겠는데."

애나 엄마 말에 윤호 아줌마가 혀를 끌끌 찼다.

"애들끼리 구경하게 두고 오늘은 오래 좀 봐. 애들 식물원에 내려 주고 장 보고 올 테니까."

"나 개 못 봐요. 털 날리고 싫어. 그리고 개도 나 싫어해."

투정 부리는 애나 엄마가 꼭 애 같았다. 끊임없이 재잘거리던 애나가 식탁에만 눈을 둔 채 밥을 먹었다. 자기 엄마가 마음에 안 드는 모양이었다.

"강아지 보고 있을게."

밥을 다 먹고 나는 안방으로 갔다.

오래를 봤다. 개를 보면 귀엽다든지 예쁘다든지 하는 말이 떠오르는데 오래는 그런 단어랑은 거리가 멀다. 나는 오래와 어울리는 단어를 찾아내려고 애썼지만 쉽게 떠오르지 않았다.

한쪽 눈으로 새끼 두 마리를 지그시 보는 오래 모습이 영화 속 한 장면 같았다.

"오래야, 강아지 너무 예뻐."

내 말을 알아듣기라도 한 듯 오래는 천천히 꼬리를 흔들었다.

"오래랑 벌써 친해진 거야?"

윤호 아줌마와 애나가 내 옆으로 왔다. 양반 다리를 한 윤호 아줌마는 오래를 쓰다듬어 주더니 상자 안에서 강아지 한 마리를 꺼냈다.

윤호 아줌마는 바늘이 없는 주사기로 강아지한테 우유를 먹였다.

"젖이 부족해서 안 되겠어."

주사기를 입가로 갖다 대자 조그만 입이 벌어지더니 우유가 사라져 갔다.

"왕 귀엽지? 내가 먹는 우유보다 강아지 우유가 훨훨 비싸대."

아무리 비싸다고 해도 저렇게 예쁘게 먹는다면 사 줄 것 같았다. 엄마도 내가 뭐 먹고 싶다고 할 때는 돈을 안 아꼈다.

"우연이 한번 해 볼래?"

윤호 아줌마가 밑에 받치고 있던 수건을 내 무릎에 올려 준 뒤 강아지를 내밀었다. 양손으로 조심스럽게 받쳐서 무릎에 내려놓았다.

"이렇게, 하면 돼. 사람 아기처럼 뒤집으면 안 되고 그대로."

윤호 아줌마가 알려 주는 대로 했다. 강아지한테 우유를 먹이는 동안 윤호 아줌마는 오래한테 밥을 내밀었다. 쇠고기가 섞인 밥이었다. 어제와 다르게 오래는 밥을 잘 먹었다.

오래가 밥을 다 먹을 때까지 나는 강아지를 손안에 들고 있었다.

"오래는."

애나가 말을 꺼내다가 윤호 아줌마를 쳐다봤다.

"네 아빠가 데리고 왔어. 애들한테 괴롭힘당하고 저 건너 오름에 도망 다니고 있는 걸 찾아서 살려 냈어. 처음에 이 녀석이 네 아빠 물고 난리도 아니었지."

"우리 아빠는……."

"아, 많이 안 다쳤으니까 걱정 안 해도 돼. 병원 가서 파상풍 주사 맞았어. 네 아빠가 두꺼운 옷 입고 장갑 끼고 다녀서 그나마 다행이었지."

윤호 아줌마 말에 안심이 됐다. 아빠가 믿기는 하지만 다치거나 아픈 것은 싫다.

"오래가 왜 오래인지 알아?"

애나가 물었다. 별 뜻 없는 줄 알았는데 아닌 모양이다.

"제주도 방언이야?"

"때앵! 지석이 삼촌이 오래오래 행복하게 살라고 지었어."

'개를 생각하는 만큼 딸도 좀 생각해 주지.'라는 삐딱한 마음도 들었지만, 밥을 먹는 오래와 꼬물거리는 강아지를 보니 미안해졌다.

오래와 어울리는 단어를 찾아냈다. 그래, 오래는 예쁘거나 귀엽지는 않지만 특별한 개다. 나쁜 사람들 때문에 한쪽 눈을 잃고 거리를 헤맸지만 아빠의 도움으로 새 생명을 탄생시킨 특별한 개.

오래와 눈이 마주쳤다.

"오래!"

오래가 내 말에 반응을 하는지 한쪽 눈을 깜박였다.

"오래오래 행복해야 해."

오래가 웃는 것처럼 보였다.

두 번째 소원

식물원에 놀러 온 애나는 생각보다 시큰둥했다. 방에서 온갖 옷을 늘어놓고 어떤 옷이 예쁜지 고민할 때가 더 즐거운 얼굴이었다. 진우 오빠는 앞장서 걸어가고 나랑 애나는 천천히 따라갔다.

추운 바깥 날씨와 상관없다는 듯 세계 여러 나라에서 온 나무와 꽃이 색색의 개성과 아름다움을 뽐내고 있었다. 내가 세 살 때 엄마와 할머니가 함께 찍은 사진의 배경이 이곳이었다. 그때보다 꽃과 나무는 더 늘었겠지만 둥근 천장은 그대로였다. 나는 우리나라에서 보기 힘든 나무와 꽃을 배경으로 사진을 찍었다. 애나가 할머니, 엄마한테 보여 주고 싶은 내 마음을 알아차리고 사진을 찍어 줬다.

중앙에 있는 전망대를 구경하러 엘리베이터를 탔다. 전망대에 가서 아래를 내려다보는데 많은 사람 중에 딱 한 사람이 눈에 들어왔다.

"아빠!"

사람들이 나를 쳐다봤지만 하나도 창피하지 않았다. 나는 닫히려는 엘리베이터로 달려가 겨우 탔다.

처음 본 날 옷차림과 달랐지만 아빠였다. 나는 사람들을 헤치며 청색 파카를 입은 아빠를 정신없이 찾아다녔다.

"인마!"

누군가 나를 붙잡았다. 진우 오빠였다. 신경질적으로 팔을 뿌리치고 앞으로 가려는데 애나가 내 옷을 잡았다.

"핸드폰 갖고 가."

아까 가방도 놓고 뛰었나 보다. 애나가 걱정스러운 얼굴로 나를 바라보았다. 나 때문에, 아니 아빠 때문에 나들이를 망쳤다. 맥이 탁 풀렸다. 더는 뛰어갈 생각이 들지 않았다.

"저기 앉아 있어."

진우 오빠 말대로 근처 의자에 앉았다. 애나가 내 옆에 앉았다.

진우 오빠가 아이스크림을 사 와서 내밀었다. 무의식적으로 받아들고서야 깜박 잊은 게 생각났다.

"고맙습니다."

"너 그러지 마."

"네?"

"고맙지도 않으면서 그런 소리 하지 말라고. 우리 집에서는 너 하고 싶은 대로 해."

처음 들어 보는 말이었다. 나는 예의가 바르고 친절하고 착해 보여야 했다. 그렇지 않으면 엄마가 청각장애인이고 아빠가 없고 하는 말들이 주르르 달려 나올 것 같았으니까.

"아하, 그래서 오빠는 제멋대로 하는구나."

애나 말에 오빠가 웃었고, 아빠를 놓친 나도 웃었다.

내 마음과 상관없이 한라봉 아이스크림은 상큼하고 맛있었다.

"너무 조급하게 생각하지 말고. 만날 사람은 만나."

아빠가 어디서부터 나를 따라왔을까 생각하다가 그만뒀다. 만날 사람이니까 만난다는 진우 오빠 말을 믿기로 했다. 아빠한테도 시간이 필요하겠지.

"오빠, 우리 바다 보러 가자. 응?"

진우 오빠가 한숨을 푹 내쉬었다.

"우리 집 앞이 바다다 바다."

그 바다랑 애나가 가고 싶은 바다는 전혀 다른데 진우 오빠는 그 차이를 모른다.

애나가 내 허벅지를 쿡 찔렀다.

"겨울 바다가 멋있잖아요. 나도 구경하고 싶어요오."

온몸이 오글거리고 얼굴이 화끈거렸다. 진우 오빠가 벌떡 일어났다. 애나가 내 얼굴을 보며 멋쩍은 듯이 웃었다.

"오늘은 안 돼. 내일도 약속 있어서 그렇고. 시간 되면 얘기할게."

진우 오빠 말에 나랑 애나는 눈짓으로 아쉬움을 주고받았다. 아빠 때문에 우울했던 기분이 많이 나아졌다.

나는 애나 몰래 틈틈이 진우 오빠를 훔쳐봤다. 드라마에서 멋진 대사라고 해도 현실에서 쓰면 오글거린다. 그런데 진우 오빠 말은 전혀 그렇지 않았다. 기름기를 뺀 맛있는 고기 같았다.

게스트하우스로 돌아와 저녁을 먹은 뒤 애나와 나, 오빠는 나란히 1호 집에서 나왔다. 오빠는 다른 곳에 갈 모양이었는데 애나가 끈질기게 달라붙으며 귓속말로 소곤거렸다. 나영이가 봤다면 좋은 각도라며 박수를 쳤을지 모른다. 좋은 각도란 여자랑 남자랑 키스를 하는 옆모습이 아름다운 각도를 말한다. 각도에서 중요한 것은 남자나 여자나 매력적이어야 한다는 거다. 진우 오빠야 말할 나위도 없고 애나도 오늘따라 매력적으로 보인다. 애나가 뭐라고 했는지 모르지만 진우 오빠는 다시 1호 집으로 들어갔고 우리는 노랑 집으로 갔다.

노랑 집에 들어서자마자 애나는 담요를 들고 와 거실에 깔았다. 애나 말로는 환영 파티라고 했다.

애나가 주방 수납장에서 컵을 갖고 왔는데 생뚱맞게도 와인 잔이었다.

"와인도 있어?"

내 말에 애나는 혀를 살짝 내밀기만 했다.

진우 오빠가 들어왔다. 한 손에는 커다란 비닐 봉투를, 다른 손에는 와인 병을 들고 있었다. 비스킷에 치즈를 얹은 카나페와, 쿠키, 귤과 와인까지 상 위에 자리를 잡았다. 애나가 핸드폰으로 사진을 찍다 '잠깐!' 하고는 밖으로 나갔다. 진우 오빠는 쿠키를 먹으며 가만히 있었다. 얼마 지나지 않아 다시 돌아온 애나 손에는 1호 집 거실 탁자에 있던 꽃병이 있었다. 애나는 꽃병을 가운데 놓았다. 꽃까지 더해지니 정말 파티 같았다.

"자, 우연이가 선샤인에 온 것을 축하합니다!"

목을 몇 번이나 가다듬은 애나 입에서 환영이 아니라 축하한다는 엉뚱한 인사말이 나왔지만 아무도 신경 쓰지 않았다. 애나는 진우 오빠 팔을 쿡쿡 쳤다.

"나도."

짧았지만 괜찮았다. 지금 내 관심은 와인에 있었다. 단 한 번도 술을 마셔 본 적이 없었다. 수학여행을 갈 때 맥주와 소주, 와인 등 다양한 주류를 준비했지만 선생님한테 발각돼서 시도조차 못 했다.

애나는 소믈리에가 와인을 따르는 것처럼 병을 천천히 돌리면서 와인을 따랐다. 제일 먼저 내 잔에, 진우 오빠 잔에, 마지막으로 자기 잔에도.

"와인은 먼저 냄새로 마시는 거야. 이렇게 향을 음미하고……."

애나 말대로 했다. 와인 맛은 생각보다 달콤했다. 나는 대번에 한 잔을 마신 뒤 잔을 내밀었다. 애나는 다시 따라 주었다. 또 마셨다. 그런데 이상했다. 취하지 않았다. 내가 술에 강한 타입인가.

"무슨 와인이야?"

내 말에 치즈를 먹던 애나도, 와인을 마시던 진우 오빠도 나를 쳐다 봤다. 둘 다 얼굴이 터질 것처럼 빵빵했다.

"푸핫!"

애나 입안에 있던 음식이 튀어나왔고 진우 오빠는 벌떡 일어나 휴지 로 바닥을 닦았다. 애나는 껄껄거리며 웃었고 진우 오빠도 억지로 웃 음을 참는 듯했다.

그제야 나는 속았다는 사실을 알았다. 와인이 아니라 주스였다. 나 는 와인, 아니 포도 주스를 모두 내 잔에 부은 뒤 벌컥벌컥 마셨다. 그 모습을 보며 애나는 배를 잡고 거의 드러눕다시피 하며 웃었고, 웃음 을 참으려던 진우 오빠도 다시 웃었다. 나도 웃었다.

와인을 들고 온 진우 오빠나, 먹을거리를 챙겨 준 윤호 아줌마, 애나 엄마를 생각했다면 절대 와인일 리가 없었다. 그것도 우리끼리 있는 공간에서 말이다.

"너도 참, 처음은 몰라도 두 번째 마실 때는 아는 줄 알았지."

"내, 내가 어떻게 아냐?"

와인 병에 있으니 당연히 와인이라고 믿었다. 애나가 웃지 않았다면 나는 어른이 되어서까지 와인 맛은 이렇구나 하고 생각했을지 모른다.

"우연이는 모범생이구나. 애나랑 다르게."

다른 사람이 범생이라고 하면 비꼬는 것으로 생각했을지 모르지만 지금 진우 오빠가 말한 범생이라는 말은 칭찬으로 들린다. 애나의 반 응을 봐도 그렇다.

"치잇! 오빠도 마찬가지잖아."

"맞다 맞아. 내가 제일 사고뭉치고, 그다음이 너."

진우 오빠는 스스럼없이 검지로 톡 튀어나온 애나 이마를 찔렀다. 그 모습이 친남매처럼 다정해 보였다.

"우리 진실 게임 하자, 진실 게임!"

"그런 건 너희 둘이."

"안 돼. 세 명은 있어야 해."

애나 말에 오늘의 환영 파티가 누구를 위한 것인지 깨달았다. 애나는 진우 오빠에 대해 알고 싶은 게 아주 많다.

"세 명은 있어야죠."

나도 한마디 보탰다. 나도 알고 싶은 게 많다. 물론 진우 오빠에 대해서.

애나가 와인 병을 돌렸다. 병의 입구가 향하는 사람한테 묻는 방식이다. 제일 먼저 걸린 사람은 우습게도 애나였다. 진우 오빠는 딱히 물을 말이 없어 보였다.

"필리핀에 안 갈 수도 있어?"

내 질문에 애나가 얼른 진우 오빠를 봤다. 내 질문에서 빠진 것은 '만약 진우 오빠가 가지 말라고 한다면'이었다. 눈치 빠른 애나는 알아차렸다.

예스 또는 노가 아니라면 마셔야 한다. 맹물을. 애나는 잠시 고민을 하더니 물을 선택했다.

"지금은."

진우 오빠가 말을 멈췄다. 나처럼 앞에 설명이 빠져 있다.

"괜찮니?"

둘이서만 아는 신호 같다. 무슨 뜻인지 몰라서 애나를 보니 애나가 환하게 웃으며 "예스."라고 했다.

애나가 내 귓가에 대고 "예전에 나 따였어. 그냥 따가 아니라 전따."라고 말했다. 은따도 아니고 왕따도 아니고 전따는 최악이다. 다행히 애나는 잘 이겨 낸 것 같다.

와인 병은 진우 오빠를 가리켰다. 진우 오빠는 전혀 상관없다는 얼굴이다.

"오빠 있지이, 누가 오빠 좋다고 하면 사귈 거야?"

핵직구다.

"예쁘면 예스, 못생겼으면 노."

진우 오빠도 그냥 남자다.

"에이씨, 이거 진실 게임이잖아."

"그러니까 예쁘면 예스, 못생겼으면 노라고, 인마."

애나와 진우 오빠는 한동안 티격태격했다.

"지금 내가 여자 사귀고 그럴 때가 아니다."

이 말이 나오자 애나는 만족한 듯이 입을 다물었다.

"오빠는 도망 잘 쳐요?"

"질문이야? 그게?"

"잉?"

애나와 진우 오빠 둘 다 뜨악한 모양이다. 나는 고개를 강하게 끄덕였다. 나한테는 중요한 문제다. 아빠는 도망을 잘 친다. 나는 아빠 같은 남자랑은 절대 연애를 안 할 테다.

"질문을 자세하게."

"노."

애나 말이 끝나기도 전에 진우 오빠가 대답했다. 티를 내면서 웃지는 못했지만 좋아서 내 가슴이 보글보글했다.

병 입구는 계속 진우 오빠를 가리켰다. 애나는 이날을 위해 병 돌리는 연습을 몇 번이나 했나 보다. 덕분에 진우 오빠는 드래프트에 실패하면서 애인과도 헤어졌고, 지금은 프로야구 선수가 되는 게 목표이며 엄마가 편히 쉴 수 있게 해 주고 싶다는 얘기를 했다.

드디어 내가 걸렸다. 예스와 노의 벌칙은 사라졌다. 그냥 진실을 얘기하면 된다.

"삼촌, 아니 아빠가 많이 밉니?"

"예스."

뭐 이런 당연한 것을 물어보는지 백 번이고 천 번이고 예스다. 내 대답에 알 듯 모를 듯한 미소를 지은 진우 오빠는 주스를 마셨다.

"지금 두 번째 소원은?"

잘못 들었나 싶어서 질문을 한 애나를 봤다.

"첫 번째 말고 두 번째 소원이 뭐냐고?"

첫 번째라면 당연히 할머니 병이 낫는 거다. 두 번째는 뭘까 생각을 했다.

"엄마 귀가 들리는 거."

밝히지 않아도 되는 진실이다. 하지만 애나와 진우 오빠한테 감추고 싶지 않다.

"우리 엄마는 한 번도 소리를 들어 본 적이 없어. 엄마 귀가 들려서, 엄마가 좋아하는 가수 노래를 제대로 들었으면 좋겠어. 내 목소리도, 할머니 목소리도."

말뿐만 아니라 손도 함께 움직였다.

"우와, 그럼 너 2개 국어 하는 거네. 한국어랑 수화랑."

애나는 진심으로 부럽다는 얼굴이다. 미안해하는 반응도, 힘내라는 반응도 아닌 제3의 반응은 나영이 말고 처음이다. 진우 오빠는 투수답게 포커페이스다.

"'사랑해'는 뭐야? 응?"

나는 오른손을 펴서 주먹 쥔 왼손 위에 놓고 쓰다듬듯이 돌렸다. 아니나 다를까 애나는 내 동작을 따라 하면서 연신 '사랑해'라는 손짓을 했다. 하지만 그 당사자는 전혀 모르는 얼굴이다.

10

엄마가 엄마 같지 않아

　진우 오빠는 아침 일찍 사라졌고 애나는 복지관에서 원어민이 하는 영어 회화 수업에 갔다. 오래를 보며 시간을 보내는데 윤호 아줌마가 시장에 가자고 했다. 군데군데 칠이 벗겨진 작은 빨강 차를 탔다. 여기가 저기인 것처럼 방향 감각이 전혀 없었다. 바다가 보이다가 안 보이다가 아무튼 바다가 계속 따라다녔다.

　100년이나 된 민속 장터라고 해서 기대를 많이 했지만 보통 시장 모습과 별반 다르지 않았다. 안으로 들어가자 길게 늘어선 가게마다 사람들이 아주 많았다.

　"여기 없으면 한국에는 없는 거야."

　아줌마는 할머니들이 직접 재배한 농산물을 파는 할망 장터에 가서야 걸음을 멈췄다. 피망, 양파, 더덕, 도라지, 고추…… 장터 이름대로 할머니들이 나물을 다듬고 계셨다. 저절로 할머니가 떠올랐다. 할머니가 여기 왔다면 같이 할머니들과 수다를 떨며 나물 다듬는 일을 거들었을 것 같다.

윤호 아줌마는 꼬불꼬불한 글씨로 우엉, 더덕이라는 글자를 쓴 할머니한테서 나물들을 샀다. 텔레비전에서 흔히 등장하는 시장 풍경처럼 사는 사람이 "더 주세요." 하고 파는 사람이 "이건 덤이에요." 하며 한 뭉텅이 주는 것과는 다른 장면이 벌어졌다. 윤호 아줌마는 달래, 시금치, 냉이 등 많은 나물을 눈으로만 본 뒤 "주세요."라고 했고, 가격도 깎지 않았다. 그런데 실랑이가 벌어졌다. 할머니는 윤호 아줌마한테 덤을 주려 했고 윤호 아줌마는 사양하다가 이내 빠른 걸음으로 그곳을 빠져나갔다. 윤호 아줌마는 여유가 있는 사람이다. 경제적으로도 정신적으로도.

할망 장터를 벗어난 우리는 씨앗 호떡을 사 먹었다. 씨앗이 너무 많이 들어 있어서 먹을 때마다 우수수 바닥으로 떨어졌다.

"뭐 필요한 거 없어? 시장까지 왔으니 득템 해야지?"

윤호 아줌마가 커다란 천 지갑을 흔들었다. 가격도 부담스럽지 않고 편한 물건들을 떠올려 보려는데 딱히 생각이 안 났다.

"애나는 주르르 말하는데……."

한참을 고민하다가 나는 오래를 위한 예쁜 옷을 사기로 했다. 지금은 새끼를 낳아서 안 되지만 시간이 좀 지나면 산책을 가겠지. 오래가 예쁜 옷을 입고 산책을 나간다면 한쪽 눈 때문에 오래를 보고 피하거나 무서워할 사람들이 조금은 줄어들 것 같았다. 노랑 꿀벌을 본뜬 옷을 고르자 아줌마는 오래한테 줄 간식도 샀다.

"자, 이제는 다른 장에 가자. 우연이가 좋아할 거야."

"예에?"

"날씨가 좋으면 바닷가에도 노천 장터가 열리는데 겨울에는 추워서 안 열려. 여름방학 때 놀러 오면 꼭 데리고 갈게."

우리는 차를 타고 다시 달렸다. 한 20분 정도 가서 커다란 비닐하우스 앞에 섰다. 비닐하우스 장터였다. 직접 재배한 채소와 산에서 캔 무공해 약초들, 직접 만든 된장에 떡과 빵도 있었다. 아줌마 말대로 내가 좋아할 만한 것들도 있었다. 조개껍데기로 만든 목걸이와 귀걸이, 제주도의 정취가 담긴 그림과 아기자기한 인형들, 꽃향기를 담은 책갈피와 엽서, 은은한 향을 풍기는 향초까지 하나하나가 작품 같았다. 좌판을 깔고 물건을 내놓은 사람들도 예술가처럼 보였다.

나는 해녀 인형과 꽃이 그려진 손수건을 샀다. 아줌마가 사 주겠다고 했지만 할머니와 엄마한테 주고 싶은 선물이어서 사양했다. 아줌마는 수제 잼을 한 병 샀다. 딱히 살 게 있어서라기보다 나를 위해 들른 장터였다.

"맛있는 빙떡 있어요, 빙떡."

소리가 나는 곳을 보니 엄마랑 함께 나온 여자아이가 손님 몰이를 하고 있었다. 흔히 보는 귀여운 풍경이라고 생각했는데 아이 엄마 손이 크게 움직였다. '집에 가서 공부해.'라는 엄마 말에 아이는 '엄마랑 같이 갈 거야.'라며 엄마의 시선을 피하고 있었다. 나처럼 코다다. 청각장애인을 부모로 둔, 소리를 들을 수 있는 아이들을 코다(CODA, Children of Deaf Adults)라고 한다. 3, 4학년은 됐을까? 수많은 시선을 견디며 나와 비슷한 시행착오를 겪을지 모를 아이가 짠하면서도 반갑고 슬프고 그랬다. 나도 모르게 발길이 그곳으로 갔다.

"우리 두 개 줘요."

어느새 다가온 윤호 아줌마가 말을 하자 나도 모르게 손을 움직였다. 아줌마가 웃음 띤 얼굴로 빙떡을 만들기 시작했다. 커다란 철판을 돼지비계로 닦은 뒤 메밀 반죽을 한 국자 떴다. 메밀 반죽이 익자 아줌마는 그 위에 양념한 무채를 넣고 돌돌 말았다. 여자아이가 접시 위에 빙떡 두 개를 담아 건넸다.

"왜 빙떡인지 알아?"

나는 조금 전 아줌마가 메밀 반죽을 국자로 빙글빙글 돌리던 동작을 흉내 냈다.

"잘 아네."

상지 언니 덕이다.

"그것도 있고 빙철에 지진다는 뜻도 있지. 빙떡 만들 때 쓰는 솥뚜껑처럼 생긴 무쇠 그릇이 빙철이거든."

아줌마와 나는 빙떡을 하나씩 더 먹었다. 빙떡을 먹으면서 아이를 힐끗거리다 눈이 마주쳤다. 모른 척하고 딴청을 피우기는 늦었다.

제주도에서 먹은 음식 중에 제일 맛있어.

아이가 활짝 웃었다. 엄마가 수선한 옷을 손님들한테 건넸을 때 내가 들었던 말 중에 제일 기뻤던 말이 '엄마 솜씨가 좋다.' 아니면 '정말 마음에 든다.'였다. 제일 싫었던 말은 '착하네.'였다.

"고맙습니다."

차를 타기 전 인사를 하자 아줌마가 시원하게 웃었다.

"나도. 네 덕분에 집에서 벗어났잖아."

아줌마 말에 나도 웃었다.

"아빠는."

시동을 건 뒤 아줌마가 내 쪽을 돌아봤다.

"아빠가, 호주에 가기 전에도 제주도에 왔던 적이 있어. 제주도에서 알아볼 일이 있었던 것 같아. 무슨 일인지는 모르지만 아빠도 생각이 정리되면 너한테 얘기할 거야. 우연이가 조금만 더 기다려 보자."

아빠한테 어떤 일이 생긴 것은 분명하다. 아빠 후배도 그렇게 말했으니까. 하지만 그렇다고 해서 딸을 보고 도망가는 것은 이해하기 힘들다. 도로에서, 식물원에서 본 사람이 아빠를 닮은 사람이었으면 좋겠다는 생각이 시도 때도 없이 들었다. 하지만 나는 아빠를 만났고, 아빠는 나를 외면했다. 내가 할 수 있는 선택은 그냥 기다리는 것뿐이다.

집에 도착하자마자 오래한테 옷을 입혔다. 오래는 귀찮아했지만 어쩔 수 없다는 듯이 몸을 맡겼다. 다행히 귀여움이 두 배, 아니 세 배는 상승되었다.

오래를 보다가 잠이 들었나 보다. 일어나 창밖을 보니 아저씨들이 바비큐장에서 낚싯대를 꺼내 손질하고 있었다. 낚시를 하러 온 손님들 같았다. 기지개를 쭉 켜고 주방에 들어가니 윤호 아줌마가 바쁘게 움직이고 있었다. 옆에서 윤호 아줌마를 돕는 사람이 보였는데 애나 엄마가 아니라 다른 아줌마였다. 잔칫집처럼 사람들이 북적이고 음식이 끓고 보글거리는 소리가 좋았다.

"뭐 도와드릴 일 없어요?

"애나 왔으니까 애나랑 놀아. 애나 저기 건넛방에 있어."

나는 순순히 주방에서 나와 건넛방으로 발걸음을 옮겼다. 노크를 하려는데 열린 문틈으로 소리가 새어 나왔다.

"엄마는 정말 왜 그래?"

"그런 거 못 해."

화난 애나 목소리와 달리 애나 엄마는 덤덤했다.

"그래서 과자나 먹으면서 놀겠다고?"

"책 보고 있잖아."

"엄마, 윤호 이모도 처음에 아무것도 못 했대. 그런데 지금은 잘하잖아. 못 해도 배우려고 해야지. 엄마는 뭐든 말만 꺼내면 못 한대. 일도 못 해, 청소도 못 해, 요리도 못 해……. 엄마가 할 줄 아는 게 뭐야? 엄마는 못 하는 게 아니라 안 하는 거잖아. 엄마는 왜 나보다 할 줄 모르는 게 더 많아? 그러면 안 되는 것 아냐? 아빠는 쉬지도 못하고 일하는데 엄마는 왜 그래?"

나는 얼른 발길을 돌렸다. 애나네도 복잡하다. 애나 엄마도 우리 아빠처럼 마음이 천천히 자라나 보다.

노랑 집 현관문을 열다가 다시 닫고 뒷마당 비닐하우스로 갔다. 비닐하우스는 실내 연습장이었다. 군데군데 그물망이 쳐져 있고 백네트도 있고, 커다란 상자 안에는 글러브와 야구공, 배트 등이 담겨 있었다. 그 옆에 빨강 깡통 안에는 길이가 제각각인 알루미늄 배트와 말랑공도 있었다. 근처에 사는 아이들도 가끔 이곳에서 야구를 하는 모양이었다.

"어엇."

발에 뭔가 걸려 엎어질 뻔했다. 간신히 중심을 잡고 보니 하얀색 고무 판자였다. 투수가 공을 던질 때 서는 마운드였다.

나는 깡통이 아니라 상자 안에 있는 야구공을 꺼냈다. 말랑공은 너무 시시한 것 같으니까. 손에 잡히는 대로 꺼낸 공에는 손때가 묻어 있었다. 나는 야구공을 잡고 던지는 시늉을 했다. 보통 야구장에서 마운드와 타자 사이의 거리는 18미터가 넘는다.

나는 마운드에서 반대편에 세워져 있는 스트라이크존까지 거리를 살펴봤다. 어림짐작으로 10미터는 넘지만 18미터는 안 될 것 같았다.

투수가 된 것처럼 한쪽 다리를 들고 야구공을 던졌다. 야구공은 스트라이크존이 있는 곳의 반도 못 갔다. 나는 좀 더 다가가서 심호흡을 했다.

휙! 공이 날아갔지만 스트라이크존을 벗어났다. 다시 던졌다. 몇 번을 던지자 공이 스트라이크존 안에 들어가서 그물망에 걸렸다.

"우와, 와우!"

나도 모르게 환호성을 지르며 폴짝폴짝 뛰었다. 뒤에서 박수 소리가 났다. 진우 오빠였다. 진우 오빠는 내 쪽으로 오더니 야구공을 잡아 보라고 했다.

야구공은 손가락 세 개로 잡는다. 검지와 중지 사이에 공을 끼워 넣듯이 잡고 엄지 끝을 실밥에 걸치도록 잡았다.

"어? 아빠가 공 잡는 법 알려 주셨어?"

"엄마요. 엄마는 외할아버지한테서 배웠대요. 저 블루드래곤즈 어린이 회원이에요."

예전 일이지만 지금 일처럼 말했다.

"응원 팀을 바꾸지그래?"

진우 오빠가 왜 이런 말을 하는지 안다. 내가 야구를 알게 된 다섯 살 때부터 지금까지 블루드래곤즈는 언제나 우승 후보였지만 여전히 우승을 못 했다. 그러더니 작년에는 꼴등을 했다. 그전에는 9등. 또 그전에는 8등. 잊고 있었던 야구지만 진우 오빠 말에 블루드래곤즈를 향한 팬심이 불끈 솟아올랐다.

"성적이 나쁘다고 응원 팀을 바꾸는 냄비팬 아니거든요. 꼴찌가 일등을 이길 수도 있다구요."

"맞아. 꼴찌가 일등을 이길 수 있는 게 야구의 매력이야. 근데 몇 번이길 수는 있지만 우승은 아주 힘들단다."

"그래도……."

뭔가 반박하려는데 비닐하우스 문이 벌컥 열리더니 씩씩거리며 애나가 들어왔다. 애나 눈에 나랑 진우 오빠는 안 보이는 듯했다. 애나는 깡통에 있는 야구공을 꺼내 마구잡이로 던졌다. 깡통에 있던 야구공은 순식간에 사라졌다.

놀란 나와 달리 진우 오빠는 팔짱을 끼고 애나가 하는 모습을 태연하게 지켜봤다. 나는 곳곳에 떨어진 야구공을 주워서 다시 깡통 안에 넣었다.

"인마!"

"말 시키지 마."

진우 오빠 말이라면 언제나 꿀이 떨어지는 표정을 짓던 애나의 모습은 없다. 단단히 화가 났다.

"너는 지금 공 던지는 것보다 치는 게 나을 것 같은데."

진우 오빠 말에 애나는 알루미늄 배트를 들었다. 그리고 배트를 휘둘렀다.

애나가 배트를 휘두르는 모습을 보니 야구 연습장에서 배트를 들고휘두르던 엄마 생각이 났다. 아홉 번을 공 근처에도 못 가더니 단 한 번, 그것도 어정쩡하게 맞춘 뒤 엄마는 비명을 지르고 폴짝폴짝 뛰며 즐거워했다.

나중에 속상하고 힘든 일이 있으면 이렇게 휘둘러 봐. 배트에 공이 맞아 날아가면, 설명을 못 할 정도로 좋아. 맥주 마실 때 곱하기 백 배 이상, 정말 끝내줘!

엄마가 야구를 좋아한다고만 생각했지 속상한 일이 있을 거라고는 생각 못 했다. 지금 엄마는 속상할 때 어떻게 할까.

입을 앙다물고 배트를 정신없이 휘두르던 애나가 바닥에 엎어졌다. 애나를 일으키려고 하는데 어깨가 요란하게 흔들렸다.

"아오. 짱나! 크크큭!"

애나의 웃음소리가 비닐하우스에 꽉 찼다. 나도, 진우 오빠도 웃지 못했다. 이내 웃음을 지운 애나가 일어났다.

"오빠, 미안. 이렇게 화풀이하면 안 되는데."

진우 오빠는 개의치 말라는 듯이 애나 이마를 장난스럽게 쳤지만 애나의 굳은 얼굴은 풀리지 않았다.

"우리 엄마는 너무해. 엄마가 엄마 같지 않아."

뭐라고 대꾸를 해 주고 싶지만 내가 그럴 입장이 아니다. 애나 엄마 대신 우리 아빠를 넣어도 딱 맞는 말이니까.

"나 여기 사는 거 사실 엄마 때문이야. 오빠는 알고 있지?"

애나 말에 진우 오빠는 먼 산을 봤다. 애나의 전따 사건 때문에 이곳에 사는 줄 알았는데 아닌 모양이다.

"아빠 하는 일이 잘 안 돼서 집을 팔아야 하는데 엄마가 창피하다고 난리인 거야. 아파트 아니면 안 간다고 하고. 엄마는 사사건건 엄마 친구들하고 비교하고 아빠를 들들 볶거든. 하여튼 집을 팔려고 하다가 엄마가 빚을 많이 진 것을 알았어. 다른 사람 말 듣고 투자하다가…….아빠는 어떻게든 잘 살아 보려고 노력하는데 엄마는 여기 와서도 마사지 받으러 다니고 놀기만 하고. 아빠가 너무……. 그래도 오빠는 예쁜 여자가 좋아?"

생각지 못한 애나 질문에 진우 오빠가 당황했다. 나도 마찬가지다.

"……우리 아빠도 예쁜 여자 좋아하다가, 지금 고생하잖아."

하긴 애나 엄마를 처음 봤을 때 놀라긴 했다. 애나와 닮지 않아서, 애나 엄마가 너무 예뻐서.

진우 오빠는 알루미늄 배트를 애나 손에 쥐여 줬다.

"이렇게 잡고 어깨가 열리지 않게, 가볍게 돌린다는 생각으로."

오빠는 애나한테 배트를 제대로 잡고 휘두르는 방법을 몇 번이나 알려 줬다. 어정쩡하게 배트를 휘두르던 애나 모습이 조금씩 안정감 있게 변했다.

"공 던져 줘. 내가 뻥뻥 칠 테니까."

다부진 애나 말에 진우 오빠가 말랑공을 들고 2미터 앞에서 던졌다. 공이 슬로비디오처럼 천천히 날아갔지만 애나는 공을 맞히지 못했다.

야구 용어로 헛스윙이다. 애나는 계속 헛스윙을 했고 진우 오빠는 위치와 속도를 조금씩 조절하며 공을 던졌다. 보는 나까지 지칠 정도였지만 어느 누구도 그만하자는 말을 하지 않았다.

지친 나는 의자에 앉아서 애나가 공을 맞히기를 빌었다. 하품이 나오려고 할 때 드디어 애나가 공을 제대로 맞혔다. 말랑공이어서 파앙, 하는 멋진 타격 소리는 없었지만 거의 비닐하우스 끝에 있는 그물망까지 날아갔다.

애나는 공이 날아간 곳을 쳐다보며 멍하니 서 있었다.

"애나야, 애나야, 달려!"

내가 팔을 빙빙 돌리며 달리라는 동작을 하자 애나는 배트를 놓고 비닐하우스 곳곳을 달렸다. 다이아몬드 모양의 베이스는 없었지만 마지막은 똑같았다. 홈인! 애나는 나와 진우 오빠가 있는 곳으로 돌아왔다. '홈인'이 집으로 돌아오는 것, 가정으로 돌아오는 것이라는 것을 안 다음부터 야구가 더 좋아졌다. 루에 나간 주자들이 학교에 가거나 회사에 간 사람들처럼 느껴졌다. 그래서 별일 없이 홈으로 들어오기를 간절히 바라며 응원을 했었다.

할머니와 엄마도 나와 상지 언니가 있는 집으로 돌아오고, 아빠도 우주가 있는 집으로 돌아가면 좋겠다. 엄마와 할머니는 사정이 있어서 그러지 못하지만 아빠는 왜 우주가 있는 집으로 돌아가지도 않고 나를 보고 도망을 갈까.

애나의 세리머니는 정말 끝내줬다. 홈런을 친 타자들보다 더 요란하게 손 키스를 날리고 엉덩이를 씰룩거리며 달렸다. 자기감정을 확실하게 표현하고 깔끔하게 씻어 내는 애나가 부러웠다. 나한테는 없는 모습이다.

11

울고 싶을 때는 울어

　바깥에서 웅성거리는 소리가 들렸다. 우리 세 명 모두 약속한 것처럼 입을 다물었다. 비닐하우스 문이 열리면서 아저씨 두 명이 들어왔다. 바비큐장에 있던 손님들이었는데, 한 명은 귀를 덮는 털모자를 쓰고 있었고, 한 명은 눈사람처럼 뚱뚱했다. 아저씨들은 우리를 보고도 스스럼없이 행동했다.

　"어, 실내 야구장이네."

　"올, 괜찮은데."

　털모자 아저씨 손에는 불붙은 담배가 들려 있었다. 진우 오빠가 나섰다.

　"여기는 안 들어오셨으면 좋겠습니다. 담배도 꺼 주시구요."

"에이 뭐 볼 것도 없는데, 학생이 딱딱하네."

털모자 아저씨가 바닥에 담배를 던진 뒤 발로 비볐다. 저절로 얼굴이 찌푸려졌다. 털모자 아저씨는 거기에 더해 침까지 뱉었다. 애나도 살짝 진저리를 쳤다.

뚱보 아저씨는 성큼성큼 오더니 상자 안에 있는 배트를 들고 크게 휘둘렀다. 휙, 휙 허공을 가르는 소리가 무서웠다.

"송아, 공 좀 던져 봐. 밤낚시 가기 전에 몸 좀 풀자."

"안 그래도 몸이 찌뿌둥했는데. 술값 내기, 콜?"

아저씨들은 막무가내였다. 나랑 애나는 서로 멀뚱멀뚱 바라보기만 했다. 진우 오빠가 뚱보 아저씨 곁으로 다가가 손을 내밀었다.

"여기 개인 연습장입니다. 배트 주세요."

진우 오빠 목소리는 기계음처럼 높낮이가 하나도 없었다.

"내가 여기 손님인데. 학생은, 아 여기 사장 아들이구나? 야구 하나 본데 공 좀 던져 볼래?"

"인마, 그렇게 말하면 어떡해. 학생 돈 줄게. 한 시간, 아니 한 30분만 할 건데. 얼마 주면 돼? 만 원, 2만 원?"

털모자 아저씨가 호주머니에서 터질 것처럼 부푼 지갑을 꺼내 들었다.

"돈 안 주셔도 되니까."

"녀석, 그렇게 멋있는 척 안 해도 돼. 그냥 손님이 용돈 주는 거야. 어디 보자."

"돈 필요 없습니다."

그 순간 지갑에서 돈을 꺼낸 털모자 아저씨와 진우 오빠 사이에 눈싸움이 벌어졌다. 학교에서 남자아이들이 싸움을 벌이기 바로 직전의 모습이랑 똑같다. 저쪽은 두 명이고 이쪽은 한 명, 아니 애나랑 내가 있으니 서로 비슷한 상황이라고 해야 하나.

팽팽한 긴장이 계속되고 있을 때 난데없이 플라스틱 공이 아저씨들한테 날아들었다. 어느새 애나가 저편으로 가서 공을 아저씨들한테 던지고 있었다.

"어, 엇!"

"헛!"

무방비 상태로 있던 아저씨들은 얼굴을 찡그렸다. 뚱보 아저씨는 배트를 내려놓고 애나가 있는 쪽으로 성큼성큼 걸어갔다. 그러자 애나는 반대편으로 빠르게 걸어갔다. 요리조리 피하는 모양새가 '톰과 제리'의 제리 같았다. 하지만 애나는 이내 뚱보 아저씨 손에 잡히고 말았다.

"요 녀석이? 쥐방울만 한 게."

애나는 오만상을 지으며 손을 뿌리친 뒤 우리가 있는 곳으로 왔다. 아저씨들까지 다섯 명이 한자리에 모였다. 화가 많이 났는지 배가 계속 오르락내리락하던 뚱보 아저씨 얼굴에 비웃음이 스쳤다. 뚱보 아저씨가 검지로 애나를 가리켰다.

"얘 그거네. 그 있잖아. 코, 코 뭐더라."

뚱보 아저씨 말에 털모자 아저씨가 "뭔데 뭔데?" 하며 애나 얼굴을 유심히 살폈다. 진우 오빠가 애나를 뒤편으로 끌어당겼지만 애나는 빳

빳이 서서 한걸음도 움직이지 않았다. 자신을 보는 아저씨들의 눈빛을 고스란히 맞받아쳤다.

애나의 생김새는 나랑 다르다. 까무잡잡한 피부에 유난히 짙은 쌍꺼풀, 펑퍼짐한 코, 기다란 입술에 흰 치아까지…… 한눈에 외국 애처럼 보인다. 아마 저 아저씨는 코피노라는 말을 하고 싶겠지. 필리핀 여자와 한국 남자 사이에서 태어난 아이들을 코피노라고 하니까. 그런데 애나는 코피노가 아니다. 애나 엄마는 한국 사람이다.

나는 손에 들고 있던 진짜 야구공을 진우 오빠한테 건넸다. 진우 오빠는 털모자 아저씨 뒤쪽에 있는 깡통을 정확하게 맞혔다. 깡통이 요란한 소리를 내면서 쓰러졌고, 그 안에 있던 알루미늄 배트와 플라스틱 배트, 말랑공이 쏟아져 나왔다.

아저씨들 눈빛이 순식간에 사나워지고 온몸이 들썩거렸다.

"애들이 뭐 이렇게 싸가지가 없어. 야, 우리 손님이야, 손님. 에이씨, 낚시 포인트가 좋다고 해서 여기 왔더니 후져서. 꼴같잖은 비닐하우스 하나 갖고 유세는. 참으려고 했더니, 아 짜증 나네."

털모자 아저씨가 모자를 신경질적으로 벗었는데 대머리였다. 나도 모르게 웃고 말았는데 아저씨와 눈이 딱 마주쳤다.

"저게?"

털모자 아저씨가 나를 향해 다가오자 진우 오빠가 내 앞으로 나섰다.

"어른이면 어른답게 행동하세요."

멋있는 말이긴 하지만 지금 상황에서는 불난 집에 부채질이었다. 털모자 아저씨 손이 올라갔다.

"아아아아악!"

애나가 온 힘을 다해 큰 소리를 질렀고, 그 소리가 신호인 것처럼 비닐하우스 안으로 한 사람이 뛰어 들어왔다. 애나 엄마였다. 애나 엄마는 얼른 우리 쪽으로 와서 아저씨들을 막아섰다.

"뭐, 뭐, 뭐예요?"

"참내, 이 뭐야, 정말."

털모자 아저씨가 주변에 있던 물건들을 발로 쾅쾅 찼다.

"그냥 몸 좀 풀겠다는데 뭘 그리 깐깐하게 그러는지. 어이가 없어서."

우리한테 말할 때와는 다르게 목소리가 조금은 낮아졌다.

"몸을 왜 여기서 풀어요?"

애나 엄마의 엉뚱한 질문에 웃음이 나오려고 해 얼른 고개를 뒤로 돌렸다. 그런데 애나 얼굴도 실룩거렸다. 아저씨들도 어이가 없기는 마찬가지였는지 헛웃음을 쳤다.

"아니, 그게…… 야구공도 있고 해서 좀 던지려고 했는데……."

"비닐하우스 주인이 이 친구인데, 허락을 구하셨나요?"

"아이고, 더럽다, 더러워. 별 후진 연습장 하나 갖고 난리냐. 낚시하러 와서 기분 잡치네. 야, 환불해."

털모자 아저씨의 신경질적인 말에 애나 엄마가 코웃음을 쳤다.

"계약하신 곳은 게스트하우스지, 이곳이 아니잖아요? 이렇게 후진 연습장에서 굳이 기분 상하실 필요 없구요. 이 후진 연습장은 이 친구 아버지랑 어머니가 하나하나 만든 거예요. 세월이 10년도 더 됐다 구요. 야구 하는 아들 위해서, 당신들 같으면 이런 소중한 곳에 아무나 들어오게 하겠어요? 사과하세요!"

헐, 대박이다. 애나 입이 실룩거리며 벌어졌다. 애나 엄마 말에 서슬이 퍼렇던 아저씨들 기가 단번에 죽었다.

"야, 야 나가자. 넌 제발 성질 좀 죽여. 이거 미안하게 됐습니다."

"죄송합니다."

아저씨들이 애나 엄마를 향해 고개를 숙이자 애나 엄마가 못마땅한 듯이 팔짱을 꼈다.

"나한테 사과할 게 아니라 여기 주인인 저 친구한테 사과하시고……. 요기 제 예쁜 딸이랑 친구한테도 사과하세요."

애나 엄마가 딸이라면서 애나 손을 잡자 새빨갛던 아저씨 얼굴이 하얀색으로 변했다. 얼굴을 모로 한 채 "미, 미안해."라는 말을 남기고 아저씨들은 꽁무니 빼듯이 비닐하우스를 나갔다.

아저씨들이 사라지자 나랑 애나는 깔깔거리며 웃었다.

"괜찮을까요?"

"걱정 마. 환불은 무슨 환불. 언니한테 그 소리했다가는 창피만 왕창 당할걸."

애나 엄마 말에 진우 오빠의 굳은 얼굴이 조금은 펴졌다. 조금 전 엄마 같지 않다고 흉을 본 일은 잊어버렸는지 애나는 연신 자기 엄마를 보며 헤헤거렸다.

애나는 다른 일은 설렁설렁해도 영어 회화 수업은 빠지지 않았다. 조금 전에도 수업에 빠지고 나랑 놀 것처럼 굴더니 시간이 되자 가방을 들고 사라졌다. 그 모습이 애나다워서 웃으며 손을 흔들었다.

나는 겉옷을 챙겨 입었다. 햇볕이 쨍쨍해서 겨울치고는 덜 추운 날이다.

"저 잠깐 나갔다 올게요."

"그래? 진우도 없고 애나도 없어서 심심하지. 그러면 요 건너 방파제 위쪽으로 가면 전망대 있어. 구경하고 와. 핸드폰 갖고 가고."

"예."

윤호 아줌마한테 인사를 하고 밖으로 나왔다. 한적한 곳이어서 그런지 사람이 별로 안 보였다. 음악을 들었다. 엄마가 좋아하는 노래였다. 이 노래를 알려 준 사람은 아빠라고 했다. 재봉틀로 옷을 수선할 때면 엄마는 늘 라디오를 틀어 놓고 있었다. 그 모습이 자연스러워서 귀가 안 들린다는 사실을 잊을 뻔했다.

Imagine there's no heaven, It's easy if you try.
No hell below us, Above us only sky,
Imagine all the people living for today······.

존 레논, 엄마의 최애 가수였다. 아빠가 생일 선물로 목걸이나 반지가 아니라 비틀즈 음반을 선물했을 때 엄마는 자기를 놀리는 줄 알았단다. 하지만 아빠는 음반을 튼 뒤 몸을 살랑살랑 흔들며 수화로 노래를 불렀다.

 나를 진미희로, 청각장애인이 아닌 그냥 보통 사람으로 봐 줘서⋯⋯, 소리를 들을 수는 없지만 느끼게 해 주고 싶었던 거야. 아빠 덕분에 귀가 아니라 마음으로 듣는 소리가 있다는 걸 알았지 뭐. 비 오는 소리, 눈 오는 소리, 파도 소리가 어떠냐고 물으면 아빠는 최대한 그것을 표현해 주려고 하더라. 어떨 때는 진짜 들리는 것도 같았어. 네 아빠 멋졌어, 그때는.

 그래서 내가 태어났다. 아빠의 수화 노래가 없었다면 지금 나는 없었을지 모른다. 유튜브로 여러 동영상을 보다 보면 가끔 가수들이 부르는 노래를 수화로 표현하는 통역사가 나온다. 빠른 가사를 손짓만이 아니라 몸 전체를 이용해 전달하는 것을 보면 반갑기도 하고 존경심이 든다.
 첫날 아빠를 쫓아 달렸던 길이었다. 그때는 바다고 뭐고 아무것도 몰랐는데 나무들이 늘어선 풍경만으로도 산책하기에 좋았다. 길게 뻗은 방파제 테트라포드 위에서 낚시를 하는 사람들이 보였다. 나는 이어폰을 뺐다.
 "으차아!"

소리가 나는 곳을 보니 낚싯대가 팽팽했다. 나도 모르게 그쪽으로 가게 됐다. 내 팔보다 훨씬 큰 물고기였다. 낚시를 하던 주변 사람들 모두 한마디씩 거들었다. 그리고 얼마 지나지 않아 사람들은 자기 낚싯대가 있는 곳으로 돌아갔다.

다시 이어폰을 귀에 꽂고 음악을 들었다. 인기 있는 아이돌 가수의 경쾌한 노래도 듣고, 연주 언니가 좋아하는 발라드 가수의 노래도 듣고. 노래는 다시 이매진으로 돌아왔다.

처음에 볼 때보다 바다색이 더 짙어진 것 같았다. 이 노래가 끝나면 게스트하우스로 돌아가야겠다는 생각을 했다.

그때 누군가 내 팔을 거칠게 잡았다.

"헉!"

가슴이 덜컹했다.

"진우연!"

아빠였다. 화가 많이 난 얼굴이다. 근데 적반하장이다. 지금 화낼 사람이 누군데 아빠가 나한테 화를 내는 거지?

"야, 너 미쳤어!"

아빠가 잡은 팔을 뿌리치려고 했지만 아빠는 내 팔을 놓지 않았다. 아빠가 잡아끄는 대로 테트라포드를 벗어나자 아빠는 걸음을 멈췄다.

"저기서 사고가 얼마나 나는 줄 알아?"

그제야 아차 싶었다. 테트라포드 아래는 바다다. 사람들이 낚시를 하는 것을 보고 무섭다는 사실을 잊고 있었다. 저곳에서 발이라도 삐끗했다면……, 절로 몸서리가 쳐졌다. 아빠는 내가 위험한 것을 보고 달려온 거다. 수염을 깔끔하게 깎은 아빠 얼굴을 빤히 쳐다봤다. 나와 닮았다는 아빠의 아몬드색 눈빛이 조금 흔들렸다. 나는 천천히 아빠 손에서 내 손을 빼고 등을 보인 채 걸었다.

"우, 우연아!"

아빠가 뒤에서 불렀지만 앞으로만 걸어갔다. 아빠가 내 손을 잡으려고 했지만 벌레를 떼어 낼 때처럼 강하게 털어 냈다. 아빠는 멋쩍어하면서도 다시 내 손을 잡으려고 했다. 제주도에서 처음 나를 본 아빠가 서서히 뒷걸음질했던 것처럼 나는 아빠 손을 완강히 거부했다. 지금 내 마음이 어떤데, 쉽게 화해하고 싶지 않았다. 나는 고개를 숙인 채 아빠 신발을 봤다. 색이 바래고 낡은 갈색 등산화가 눈에 거슬렸다. 구깃구깃한 검정 바지도, 투박하기만 한 청색 파카도.

"그냥 죽게 내버려 두지 그랬어? 왜? 아빠 책임이 될까 봐 겁나서 그런 거야?"

아빠의 눈이, 입술이 떨리고 손과 팔까지 떨렸다. 말이 얼마나 날카로운 칼이 되어 상처를 주는지 잘 알고 있다. 그런 내가 지금 다른 사람도 아닌 아빠한테 상처를 주고 있다.

아빠가 양손으로 내 어깨를 부여잡았다.

"우, 우연아. 너 아니지? 그런 생각한 거 아니지? 그렇지?"

아빠의 오해를 풀어 줄 생각은 없다. 지금은 아빠가 많이 미우니까. 아빠 얼굴이 일그러지고 가는 울음소리가 흘러나왔다.

아무리 울어도 엄마가 못 듣는다는 것을 안 다음부터 나는 별로 울지 않았다. 울어도 달려올 사람이 없고 털어놓을 사람이 없다면 괜히 힘 빼며 울 필요가 없다. 두 번 울 일을 한 번 울고 그러다 보니 딱히 울 일도 없었다. 아빠가 신 아줌마랑 결혼한다고 했을 때도, 우주를 그만 만나라는 말에도, 아빠가 호주에 간다고 할 때도, 할머니가 사기를 당했을 때도(할머니는 완전 통곡을 했다.), 엄마가 할머니랑 요양원에 갔을 때도 마음은 아팠지만 진심으로 운 적은 없었다.

"아빠가 느무 으읍, 미안해. 미안해⋯⋯."

아빠가 손바닥으로 눈물을 훔쳤다. 울지 않으려고 안간힘을 쓰는 아빠를 보니 내 눈에 눈물이 고이기 시작했다. 아오씨이, 우리 아빠는 왜 이럴까.

나는 울었다. 그냥 눈물만 줄줄 흘리는 것이 아니라 소리 내어 엉엉 울었다. 아빠는 내가 우는 것을 보고 어쩔 줄 몰라 하며 울지 말라고 하다가 삐죽거리며 따라 울었다.

요양원에 간 지 얼마 지나지 않았을 때 할머니는 나한테 전화해서 밑도 끝도 없이 미안하다고 했다. 어릴 때 내가 울면 울지 말라고 야단쳤던 게 미안하다고 했다.

"애들이 울면 마음이 아리고 내내 마음에 남긴 하는데. 너는 한 번 울면 어찌나 서럽게 우는지 내 마음이 지옥이야. 그래서 너 울 때면 빨리 그치라고 닦달하고 야단쳤던 거 정말, 많이 미안해."

내가 괜찮다고 했지만 할머니는 계속 미안하다고 했다.

"울 때 그냥 울게 내버려 둘걸. 네가 너무 빨리 어른이 되려고 하는 것 같아서. 우연아, 울고 싶을 때는 울어. 근데 몰래 혼자서 울지 마. 엄마가 소리는 못 들어도 마음은 알아, 으응?"

몇 번이나 '약속해.'라는 말을 한 다음에야 할머니는 전화를 끊었다. 괜히 약속했다. 그 약속 때문인지 몰라도 지금 엉엉 울고 있으니까. 울음을 그치려면 시간이 좀 걸릴 것 같다.

12

미안한 거는 미안하다고 하고

게스트하우스로 돌아온 아빠와 나는 3호 집으로 들어갔다. 노랑 집
이랑 똑같은 구조였는데 현관과 가까운 방이 아빠가 지내는 방이었다.
작은 탁자, 좌식 의자가 눈에 들어왔다. 구석에 이불이 펼쳐져 있었고
빨래를 했는지 바닥에 팬티와 수건이 널려 있었다.

"아빠 계속 여기 있었어?"

겨우 가라앉혔던 화가 급속도로 올라왔다. 아빠는 후다닥 팬티를 치
우면서 고개를 크게 내저었다.

"아냐, 아냐. 어제, 아니 오늘 새벽에 왔어. 진짜야. 누님한테 물어봐.
진짜야."

나는 편하게 엉덩이를 붙이고 자리에 앉았다. 내 모습을 본 아빠는

그제야 밖으로 나갔다.

탁자 위에 책과 수첩, 볼펜, 휴지 등이 있었다. 손에 잡히는 대로 책을 펼쳤다. 여러 가지 집 구조를 그린 그림과 설명이 있었다. 호주에 가기 전까지 아빠는 화장품 회사에서 화장품 성분을 검사하는 일을 했다. 호주에서는 어떤 일을 했는지 모르겠다. 아빠는 호주에서 왜 제주도까지 왔을까. 혹시 신 아줌마랑 이혼을 하려는 걸까.

책을 제자리에 놓다가 나무색 수첩을 바닥에 떨어뜨리고 말았다. 수첩을 살짝 엿보는데 뒤에 꽂아 놓은 사진이 눈에 들어왔다.

우주다. 우주 혼자 찍은 게 아니라 신 아줌마와 아빠, 우주가 같이 찍은 사진이었다. 일을 벌리고 활짝 웃고 있었는데 한눈에 보기에도 개구쟁이였다. 어릴 때처럼 포동포동하지는 않지만 여전히 두 뺨이 토실했고 눈도 맑고 코도, 입도 예뻤다. 생각보다 훨씬 잘 자란 것 같아 뿌듯했다. 나는 얼른 핸드폰으로 사진을 찍었다. 네 살 때 보고 처음 보는 우주 사진이니까.

"이거 마셔."

아빠는 우유와 빵이 든 쟁반을 내 앞에 두고 맞은편에 앉았다. 세수를 했는데도 아직 눈가가 벌겋다. 아빠가 잘못 알고 있는 것부터 바로잡고 싶었다.

"나 죽을 생각 없어."

"어? 어엉."

아빠가 고개를 크게 끄덕였다.

"그날, 왜 안 왔어?"

아빠가 어리둥절한 얼굴로 나를 봤다.

"호주 가기 전에 마술 공연 보기로 했었잖아. 아빠 때문에 네 시간 동안 집에도 못 가고 거리를 헤맨 거 알아?"

거리를 헤맸다는 표현이 좀 걸리기는 했지만 편의점이랑 공연장 앞 계단이라고 정정할 생각은 없다. 아빠는 몇 번이나 입술을 달싹거렸다. 말을 해야 하나 말아야 하나 고민을 하는 표정이다.

"솔직하게 말해 줘. 왜 안 왔어?"

"아빠한테 실망할 텐데."

더는 아빠한테 실망할 것도 없는데 아빠는 자신을 과대평가하나 보다. 난 아빠 눈을 빤히 봤다. 거짓말을 하면 오해를 하게 되고 가슴에 쌓이고 결국에는 되돌릴 수 없게 된다.

"사기를 당했어."

"헉!"

설마 하면서 생각했던 시나리오 중 하나다. 아빠가 멋쩍은 웃음을 지었다.

"아빠 어리석지? 호주에 간다고 수속은 다 해 놓고 갈 날짜만 기다리고 있는데 친구한테 빌려 준 돈을 날리게 됐어. 아빠 친구가 돈을 크게 불려 준다고 해서 믿고 맡겼거든. 그 돈으로 호주에서 집을 사거나 나중에 장사를 하려고 했는데, 날리게 되니까 정말 힘들더라. 호주 갈 날짜는 다가오는데 친구는 연락도 안 되고 우주 엄마한테는 얘기도 못

하고. 너랑 마술 공연 보기로 한 날, 친구를 봤다는 연락을 받아서 거기 가느라고……. 미안해."

할머니도 그렇고 아빠까지 사기꾼한테 돈을 뺏기다니 기가 막혔다.

"얼마? 많이 날렸어?"

아빠는 고개를 저었지만 큰돈이 아니라면 공연장에는 나타났겠지. 아빠는 출국할 때까지 사기를 친 친구를 찾아다니다가 날짜가 돼서 급하게 호주에 가게 됐다.

돈 때문에 마음고생을 심하게 한 아빠는 호주에서도 큰 장벽을 만났다. 언어 장벽. 속성으로 간단한 영어라도 배우고 가려고 했지만 사기꾼 잡으러 다니느라 영어 공부를 전혀 못 한 거다.

"시에서 운영하는 어학원에 다니는데 말이 안 나오는 거야. 벙어리가 됐어, 벙어리. 하고 싶은 말은 목까지 차 있는데 영어가 전혀 안 되는 거야. 우주 엄마는 영어를 못 해도 외국인 만나면 말도 안 되는 영어라도 하면서 잘 지내는데 난 그게 안 되더라고. 우주 엄마 눈에는 내가 노력을 안 하는 것처럼 보이니까 답답해하고, 그래서 많이 싸우고 그랬어."

아빠의 답답한 심정이 느껴졌다. 벙어리가 된 듯한 갑갑함을 어떻게 알 수 있을까. 태어날 때부터 귀가 안 들렸던 엄마한테 언젠가 물었던 적이 있다.

"엄마는 언제가 제일 답답해?"

이제는 답답할 것 하나도 없어.

"왜?"

네가 컸으니까. 네가 나랑 수화로 얘기를 할 수 있으니까. 네가 어렸을 때 뭘 원하는지 몰라서, 내가 놓치는 게 많을까 봐 답답했지. 이제는 괜찮아.

그때 엄마 얼굴은 정말 바라는 게 하나도 없는 표정이었다.
"네 엄마 많이 힘들었겠다는 생각이 들더라. 많이 미안하고 그랬다."
"나한테 말고 엄마한테 얘기해."
내 말에 아빠가 놀란 얼굴로 쳐다봤다.
"그냥 미안한 거는 미안하다고 하고, 잘못한 거 있으면 잘못했다고 하라고. 이건 할머니가 한 말이야."
"할머니 잘 지내셔?"
"아니. 대장암 때문에 지금 요양원에 계셔."
사기를 당했다는 말은 안 하기로 했다.
한동안 말을 잃은 아빠는 한숨을 진하게 내쉬었다.
"아빠, 돈 걱정 때문에 영어가 안 되는 거야. 그러니까 마음 편하게 먹고 하다 보면 늘 거야. 잘하려고 하면 계속 신경 쓰여서 말이 안 나오는 거야. 그러니까 간단한 영어부터 하다 보면……."

"꼭 그것만도 아니야."

"으응?"

아빠는 목표가 있어서 호주에 간 게 아니었다. 하던 일도 계속 잘 안 되는 상황에서 어쩌다 보니 가게 됐다고 했다. 한국인 사장이 있는 용접 회사에 취직한 아빠는 4년 뒤에 영주권 신청을 할 계획이었다. 하지만 용접 기술을 배우는 것도, 사장이 사람들한테 함부로 하는 것도 참고 견디기가 힘들었단다.

"한국에서 잘 살았다면 호주에 가지는 않았을 거야. 거짓말해서, 미안해."

아빠는 나한테 호주에 가서 사업을 할 거라고 했다. 그때는 아빠가 사장님이라는 생각에 붕 떠서 아빠가 어떤 사장님이 되는지는 물어볼 생각을 못 했다. 이런 거짓말은 참아 줄 수 있다. 나도 아빠한테 괜찮은 자식으로 보이고 싶으니까.

"신 아줌마랑 사이 안 좋아?"

"내가 모자라서 그렇지 뭐. 이민을 왔는데 남편은 적응도 못 하고 한국으로 가자고만 하고, 저축한 돈은 사기까지 당했으니. 나 같아도 미울 거야. 휴우."

"신 아줌마한테 전화해. 아빠랑 연락 안 된다고 걱정하더라. 우주도 아빠 보고 싶을 거야."

"전화했어. 너 본 날."

아빠를 만났고, 아빠가 신 아줌마한테 연락했으니까 신 아줌마의 부탁은 완수했다.

돈 문제 하나만으로도 힘들어하는 사람들이 많은데 아빠는 돈 문제에, 언어 문제에, 직장 문제에 많이 힘들었겠다는 생각이 들었다. 그렇지만 한국에 와서도 나한테 연락을 안 한 것은 너무 심했다.

"나한테는 왜 연락 안 했어?"

"하려고 했어."

"진짜?"

"진짜."

제주도에서 마음을 정리하고 나를 만나려고 했단다. 생각지도 않게 나를 만나게 되어 창피하고 미안한 온갖 감정에 자기도 모르게 피하다 보니 더 미안해서 나타나기가 힘들었다고도 했다. 한번 꼬이니까 풀리기까지 많은 시간이 걸린 거다.

"그 사기꾼 아직 못 찾았지?"

"어? 찾았어. 제주도에 있어."

못 찾았을 거라고 단정을 지으며 그냥 물어봤는데 의외의 답변이 돌아왔다. 아빠가 제주도에 있는 까닭을 알았다.

"돈은 받았어?"

"아직. 그 친구도 사기를 당했어. 준다고 했어. 금방은 아니지만."

한숨이 절로 나왔다. 엄마는 생각보다 단단한데 아빠는 생각보다 훨씬 물렁하다. 아빠는 주의를 돌리려는 듯이 수첩을 만졌다. 더는 안 묻기로 했다.

"너 너무 서운해하지 마."

"뭐?"

아빠가 수첩 앞면에서 사진 한 장을 꺼냈다. 예전에 아빠랑 공원에 갔을 때 찍은 사진이었다. 머리에 미키 머리띠를 하고 웃고 있는데 그 옆에서 아빠도 웃고 있었다. 아빠랑 생각보다 꽤 닮았다. 나는 아빠한테서 우주 사진을 달라고 했다. 아빠랑 우주가 닮았다. 나랑 우주는 모르겠다.

"너 있잖아. 아빠 운 거 절대 얘기하면 안 돼."

나는 혀를 날름 내밀었다.

"아빠 하는 것 보고."

진짜다. 내가 마음고생을 얼마나 했는데, 쉽게 들어줄 생각은 없다.

아빠가 내 쪽으로 와서 서성였다. 아무래도 내가 미덥지 않은 모양이었다.

"좀 도와줄까?"

"제가 있잖아요."

앞치마까지 차려입은 애나가 숟가락을 빙빙 돌리며 말했다.

"화투 안 치고 뭐해요?"

거실에서 아빠를 부르는 상지 언니 목소리에 웃음이 나왔다. 온 지 이틀밖에 안 됐지만 상지 언니는 선샤인의 터줏대감 같다. 목소리도 크고 말도 제일 많다. 진우 오빠도 상지 언니가 뭔가를 물을 때는 즉시

대답을 한다. 대답을 하지 않으면 상지 언니의 폭풍 같은 질문에 계속 시달리게 된다.

"아빠, 이따 부르면 와."

아빠는 어쩔 수 없다는 듯이 주방을 나갔다.

커다란 볼에 비빔국수 양념장을 만들었다. 애나는 조수답게 고추장, 고춧가루, 간장, 식초, 마늘 등을 척척 꺼내 내 옆에 뒀다. 참기름까지 넣고 잘 저은 다음 검지로 양념장을 찍어 애나 입에 갖다 댔다. 엄마나 할머니에게 하던 대로 무심코 내밀었는데 애나는 거리낌 없이 맛을 봤다. 손가락이 간지러웠다.

"오, 맛있어. 우리 엄마보다 훨훨 나아. 우리 엄마는 슈퍼에서 파는 초고추장 사 먹어."

"우리 엄마도 요리는 전혀."

검지를 들어 좌우로 흔들자 애나도 똑같이 따라 했다.

양념장도 됐고 이제는 국수만 삶으면 된다. 양념장을 만들기 전 불에 올려놓은 커다란 냄비에서 물이 끓고 있었다. 4인분까지는 끓여 봤지만 7인분은 처음이다. 애나는 고명으로 얹을 삶은 달걀 껍데기를 까고 있다.

윤호 아줌마가 챙겨 준 국수를 팔팔 끓는 물에 넣었다. 면이 안 퍼지게 적당하게 삶는 게 중요하다. 거품이 올라올 때마다 찬물을 조금씩 부어 줬더니 면이 투명해졌다.

"아빠!"

아빠는 바람처럼 달려왔다. 아빠가 냄비를 들어 개수대에 둔 채반에 부었다. 나는 찬물을 틀어 국수를 벅벅 씻었다. 최대한 물기를 뺀 뒤 어림짐작으로 1인분씩 그릇에 담았다.

"여기는 많이 담아 줘."

애나 그릇에는 면을 넉넉하게 담았다. 아빠는 국수를 담은 그릇을 거실로 날랐다. 화투판은 사라지고 사람들이 모두 상 앞에 앉아 있었다. 상 위에는 고명으로 준비한 김치, 삶은 달걀, 김가루가 있었다. 각자 앞에 있는 국수에 양념장을 넣고 비볐다.

"어, 우리 엄마 어디 있어요?"

그러고 보니 애나 엄마가 안 보였다. 마침 현관 밖에서 애나를 부르는 소리가 들렸다. 문을 여니 커다란 냄비를 든 애나 엄마가 있었다. 애나 엄마는 냄비를 상 위에 놓았다. 어묵탕이었다.

"내가 해 봤어. 맛은 모르겠어."

카페 주방에서 만든 모양이었다. 애나는 얼른 숟가락으로 어묵탕 국물을 맛봤다. 애나 엄마는 그런 애나를 보며 눈을 반짝였다. 애나는 한 번 더 맛을 봤다.

"음. 엄마, 조금만 더 하면 될 것 같아. 이모 이거 짜요. 물 더 넣어야 할 것 같아요."

애나 말에 모두가 웃었다.

"내가 요리는 정말 못 해서."

"아니야, 엄마. 내가 무조건 맛있다고 하면 엄마 요리가 발전을 안 할 거잖아. 무궁무진한 발전 가능성을 갖고 있으니까 담번에는 정말 맛있을 거야."

술술 나오는 애나의 말솜씨에 우리는 다시 한 번 웃었다. 애나를 향해 엄지를 살짝 치켜들자 애나가 의기양양한 표정을 지었다. 여전히 애나가 애나 엄마를 더 챙기는 모녀 사이이긴 하지만 애나 엄마 입에서 '못 해.'라는 말은 조금 줄었다.

할머니한테 보여 주려고 핸드폰으로 비빔국수 사진을 찍었다.

"우연아, 맛 좋다!"

"요리사 해도 되겠네. 이따 양념장 알려 줘."

"짱이얌!"

여기저기서 칭찬이 쏟아졌다.

"우리 우연이, 많이 큰 것 같네."

비빔국수가 매콤한지 아빠 목소리가 맹맹했다. 나는 얼른 물컵을 건넸다. 매워서 그런다고 해도 아빠가 사람들 앞에서 눈물 흘리는 모습을 보이는 것은 싫다.

13

우리는 모두 같은 휴먼

상지 언니가 말을 하지 않을 때는 잠을 잘 때였다. 프로그램이 끝날 때마다 잠순이가 되긴 했지만 제주도까지 와서 그런 모습을 보니 안쓰러웠다. 오늘도 아빠가 좋은 데 가자고 했지만 상지 언니는 방바닥을 두드리며 '여기가 천국'이라고 했다. 덕분에 아빠와 나만 데이트를 하게 됐다.

"우연이랑 같이 오니 참 좋다."

아빠와 함께 온 곳은 선샤인과 가까운 숲이었다. '영혼의 숲'이라고도 하는데 아빠가 자주 오는 곳이라고 했다. 앙상한 나무들이 죽 늘어선 숲을 내가 좋아할 거라고 생각하나? 아빠가 놀러 가자고 할 때만 해도 초콜릿 테마 파크나 놀이공원을 생각했다.

"녹색이 생생한 봄이나 여름, 단풍 든 가을도 좋지만 겨울 숲도 좋아. 겨울이 있으니까 봄도 있잖아."

숲을 함께 걸으면서 아빠랑 사진도 찍고 아빠가 좋아한다는 나무도 만져 보고 아빠가 잠을 잔 적도 있다는 평상에 누워서 쭉쭉 뻗은 나무를 봤다. 푸른 하늘로 뻗어 있는 나무들이 그림처럼 보였다.

"아빠 언제 가?"

"왜? 아빠가 갔으면 좋겠어?"

한겨울에 찬물을 뒤집어 쓴 느낌이었다. 나는 벌떡 일어났다. 아빠도 무슨 일인가 싶어 따라 일어났다. 애나처럼 공을 던지고 큰 소리를 지르는 대신 나는 입을 앙다물고 손을 빠르게 움직였다.

그래, 아빠가 갔으면 좋겠어. 두 번 다시 안 보고 살았으면 좋겠어. 이게 아빠가 원하는 말이야? 아빠는 엄마도 버리고 나도 버렸지. 이제는 우주도 버릴 거야? 아빠는 책임도 못 질 거면서, 왜 아빠가 됐어? 왜 나를 버렸어? 내가 지금 얼마나 힘든지……

내내 묻고 싶었지만 묻기가 겁났던 말이 생각지도 못한 순간에 나왔다. 하지만 다행이다. 아빠는 모를 테니까.

할머니와 외숙모가 척을 지게 된 이유 중 하나는 우리 집 문제다. 외숙모는 악의는 없지만 말을 담아 두는 사람이 아니었다. 아빠가 재혼을 한다는 소식을 들은 외숙모는 책임감도 없이 나와 엄마를 버린 나쁜 놈이라고 욕했고, 엄마가 고분고분하지 않아서 아빠랑 헤어진 거라고 흉을 봤다. 할머니가 화를 내는 바람에 '진짜예요?'라고 외숙모한테 묻지 못했다.

아빠는 화가 난 것 같기도 하고 슬픈 것 같기도 했다.

"무슨 말, 한 거야?"

혹시나 졸였던 마음이 풀어지면서 그냥 웃음이 나왔다. 이제껏 모르는 것으로 알고 살았으니, 앞으로도 모른 척하면서 살면 된다.

아빠가 크게 심호흡을 하더니 입을 달싹거렸다. 하지만 소리는 나오지 않았다.

"아빠, 가자."

"아니야, 아니다!"

아빠 목소리가 크게 울렸다. 생각지 못한 아빠 말에 깜짝 놀랐다.

바람이 크게 불었다. 나무들이 큰 소리를 내면서 흔들렸다. 더 큰 바람이 불어와서 나를 다른 곳으로, 할머니가 있는 요양원으로 보내 줬으면 했다.

"너 방금 왜 버렸냐고 한 거지? 내가 너를. 너 이때껏 아빠를 그렇게 생각한 거야? 우연아, 아니야. 너 버린 적도 없고 도망간 적도 없어. 네가 있는 줄 몰랐어. 많이 모자라고 부족한 아빠지만 너한테 거짓말은 안 해."

아빠 말은 외숙모한테 들은 것과 달랐다. 아빠 말과 외숙모 말 중에 누구 말을 믿어야 할까. 얼굴이 잿빛이 된 아빠는 내 눈을 피하지 않았다.

"네가 있는 걸 알았다고 해도 그때 엄마랑은 이혼을 했을 거야. 사랑해서 결혼했지만 싸우고 미워하는 시간이 많았어. 네가 있는 줄 알았다면 같이 살지는 않아도 내가 아빠니까……, 돈도 없고 내세울 것 없지만 그래도 너랑 많은 시간을 보냈을 거야. 나중에 너 있다는 것 알았을 때 신기하더라. 나랑 똑같은 모습의 아이가. 정말 놀랐지만 좋고 뭉클하고……."

아빠는 끝까지 말을 잇지 못했다. 나도 가만히 있었다. 볼 거라고는 나무와 하늘뿐이고 들을 거라고는 바람 소리뿐이었지만 충분했다.

아빠가 호주에 가고 연락이 안 됐을 때 숨어 있던 가시가 나타나서 온몸을 콕콕 찔렀다. 그럴 때면 어쩔 도리 없이 견디는 수밖에 없었는데 오늘에서야 가시가 사라졌다. 후련하면서도 씁쓸하고 어이가 없고 좋고 기뻤다.

"아빠가 안 가고 여기 있으면 나는 좋아. 자주 볼 수 있으니까. 근데 우주는 아빠 찾을 것 같아."

아빠는 아무 말도 않고 물끄러미 내 얼굴을 봤다.

"아빠가 미안해."

아빠는 나한테 미안해야 한다. 아빠 없이 엄마하고만, 엄마 없이 아빠하고만 사는 아이들도 많다. 하지만 제대로 설명도 하지 않고 무작정 아빠를, 엄마를 기다리게 하는 것은 나쁘다.

"사과 받을게. 나도 미안해. 오해해서. 근데 아빠, 내 또래 아이들은 돈 잘 벌고 세련되고 쿨한 아빠를 좋아해. 나도 아빠가 그랬으면 좋겠어. 아빠도 내가 공부 잘하고 착하고 말 잘 듣는 딸이면 좋겠지? 근데 서로가 안 되는 거잖아. 지금 아빠도 좋은 점이 많아. 내 말도 잘 들어 주고 말도 통하고."

"아냐, 아냐. 네가 미안해할 거는 하나도 없어. 나는 정말 네가 내 딸이어서 좋아. 다른 딸 하나도 안 부러워. 문제는 나지 뭐. 아빠가 뭘 잘하는지도 모르겠어. 어른이 되면 모든 일이 쉬워지고 더 많은 것을 가질 거라고 생각했어. 근데 그게 아니더라고. 이러다가 나이만 먹고 아무것도 안 될까 봐, 너랑 우주한테 시시한 아빠가 될까 봐 걱정이야. 웃기지?"

"아빠, 나도 그래."

사실이다. 나도 나영이도, 반 친구들도 자주 말한다. 나 이러다가 시시하고 별 볼 일 없는 어른이 되면 어떡하지?

아빠가 기가 막힌다는 듯이 허허거렸다.

"허참, 넌……."

"청소년."

"그래 청소년이니까 그래도 되지만 난 어른이잖아."

"그래서 뭐? 모두 같은 휴먼이잖아."

아빠 눈과 입이 활짝 벌어지며 박장대소를 했다. 웃음소리가 숲을 흔들었다.

"아빠 호주 갈 거야. 우주 엄마랑 잘 얘기해 보고, 서로 좋은 방향으

로 해야지. 호주에서 지낼 수도 있고, 다시 올 수도 있어. 하지만 혼자
는 아니야."

내가 제주도에 오지 않았다면 아빠는 최대한 멋진 모습으로 꾸미고
나타나 선물을 한 아름 안겼을지 모른다. 그랬다면 나와 아빠 사이에
있는 보이지 않는 벽이 1미터는 더 높아졌을지 모른다. 모르는 척, 포
기하고 다독거리는 것 말고는 어떤 방법도 없던 꼬인 실타래가 스르르
풀린 기분이다.

"내 콘셉트는 맛만, 좋은 타르트야."

애나는 맛만 좋은 타르트를 강조할 수밖에 없다. 초콜릿에 아몬드와
해바라기씨를 얹은 초콜릿 타르트나 생크림에 키위와 체리, 블루베리
로 모양을 낸 과일 타르트 둘 다 유치원생이 만들었다고 해도 민망한
모양새다.

애나 덕분에 초콜릿과 과일들이 얌전하게 있는 내 타르트는 맛도 모
양도 좋은 타르트가 됐다.

뜬금없이 타르트 먹으러 가자고 해서 따라왔더니 다문화 가족 지원
센터에서 하는 요리 교실이었다. 애나는 할머니가 한의원에 침 맞으러
가서 혼자 남은 여섯 살 지영이랑 함께 타르트를 만들었다.

"에헤헤, 애나 언니는 또 엉망이야."

지영이 말에 애나는 못생긴 타르트를 감추려고 슈거파우더를 겁나
게 뿌렸다. 지영이는 빵집에서 본 것처럼 키위를 세운 뒤 사이사이 체

리로 모양을 냈는데 애나보다 훨씬 솜씨가 좋았다.

"우왕, 우리 지영이는 정말 파티시에 하면 되겠다. 정말 멋진데!"

애나가 칭찬하자 지영이는 부끄럽다는 듯이 몸을 배배 꼬았다. 애나와 나, 지영이는 같이 앉아서 타르트를 먹었다.

"언니는 어디야?"

지영이 질문에 애나가 내 얼굴을 봤다. 아차 싶었다. 지금 요리 교실에서 나만 빼고 모두 다문화 가정의 아이들이었다.

"저어."

"아빠가 호주에 살아."

"호주가 어딘데?"

애나는 지영이한테 열심히 설명했다. 지영이는 눈을 반짝이며 애나 말을 들었다.

"에이씨, 우리 아빠도 호주였으면 좋았을 텐데. 이 언니는 완전 똑같잖아."

지영이 말끝에는 부러움이 묻어 있었다. 남들과 다르게 생겼다는 사실이 지영이한테는 다르다가 아니라 틀리다로 여겨지는 것 같았다.

"지영이가 그러면 아빠가 슬퍼할걸."

애나 말에 지영이가 입을 삐죽거렸다. 뭔가 멋진 말을 해 줬으면 좋겠는데 아무 생각이 안 났다.

"우리 지영이가 얼마나 특별한데. 물론 지영이뿐 아니라 언니도, 이 언니도, 저기 저 애도, 선생님도 모두 특별해. 우리는 모두 특별한 사람이야. 게다가 우리 지영이는 예쁘기까지 하지."

애나가 나를 보더니 고개를 숙여 지영이 귀에 대고 귓속말을 했다.

"사람은 개성이 있어야 해. 개성이 뭐냐 하면 어디에서 봐도 아, 지영이구나 할 수 있는 거. 저 언니는 밋밋하고 개성이 없어서 사람이 많은 곳에서 눈에 띄지도 않을 거야. 너도 잘 알겠지만 얼굴보다는 마음이 올바르고 예뻐야 해. 지영이 너도 예쁜 거 믿고 할머니 말씀 안 듣고 그러면 안 돼. 밥도 잘 먹고……."

귓속말치고는 너무 커서 잘 들린다. 애나 말이 효과가 있었는지 지영이는 금세 헤헤거리며 타르트를 열심히 먹었다. 우리는 일부러 소리를 내며 먹었다. 냠냠, 우걱우걱, 꿀꺽꿀꺽, 오드득오드득, 아삭아삭, 아흐으으……. 다른 탁자에 있던 사람들도 우리를 따라서 소리를 내며 먹었다.

애나와 나는 3시가 훌쩍 넘어서 선샤인으로 돌아왔다. 진우 오빠가 우리를 기다리고 있었다.

"가자."

"어디요?"

"바다 보러. 저번에 바다 가자고 했잖아."

진우 오빠는 식물원에 갔을 때 우리가 한 말을 잊지 않고 있었다. 감동한 나와 달리 애나 반응이 영 시큰둥했다.

"그 바다 새로운 바다 아니지? 그치?"

진우 오빠는 아무 말 없이 앞서 걸어갔다.

"오빠, 나는 못 가. 엄마랑 할 일이 있어."

생각지 못한 애나 말에 실망하고 있는데 애나가 내 등을 떠밀었다.

"얼른 갔다 와. 꽤 괜찮은 바다야."

나는 진우 오빠를 따라갔다. 진우 오빠는 도로 맞은편이 아니라 동네 안쪽으로 들어갔다. 둘만 걸으니까 기분이 묘했다.

"우연, 우연, 우연."

진우 오빠가 내 이름을 연달아 불렀다. 놀라서 오빠를 쳐다봤다.

"이름 때문에 놀림받지 않았어?"

'아무런 인과 관계가 없이 뜻하지 아니하게 일어난 일'을 뜻하는 우연이 바로 내 이름이다. 옛날 가수가 부른 '우리 만남은 우연이 아니야.'라는 노래는 수십 번도 넘게 들었고 '너네 엄마랑 아빠가 우연히 낳았다.'는 둥 별 이상한 놀림을 다 받았다. 고학년이 되면서 '나는 왜 필연이 아니라 우연일까?'라는 의문을 갖게 되고 개명도 생각했지만 엄마는 끄떡도 안 했다. 엄마한테 나라는 존재가 진짜 우연이었으니까. 엄마는 내가 우연이지만 최고의 선물이고 기쁨이고 축복이라고 했다.

'혹시 오빠가 우연이 어쩌고 그러면 '우리는 필연이에요.'라고 해 꼭. 오빠 반응 보고 아닌 것 같으면 농담이라고 하면 되지 뭐.'

자기 일 아니라고 끝까지 코믹 멜로드라마를 쓰는 나영이 말이 생각나 웃었다.

진우 오빠는 내 웃음에 당황한 얼굴이다.

"우연이라고 하면 필연이 꼭 따라오거든요. 선생님도 우연이, 우리 필연이 되도록 노력하자 그러고. 친구들도 우연히 생겼다고 그러고…….
우연이라고 불러도 필연이라고 들리고 그래요."

내 말에 진우 오빠 입꼬리가 슬쩍 올라갔는데 그 모습이 매력적이었다.

처음 봤을 때는 얕은 오름이라고 생각했는데 걷다 보니 만만치 않았다. 절로 걸음이 늦어지는데 그때마다 진우 오빠는 내 옆에서 기다려 줬다. 다른 사람이랑 함께였다면 진작 짜증을 내며 포기했을지 모른다. 애나가 왜 못 간다고 했는지 이해가 될 무렵 앞서 가던 진우 오빠가 걸음을 멈췄다.

"다 왔어."

진우 오빠 말에 고개를 들었다.

바다였다. 구름이 떠 있는 하늘과 바다가 있는 풍경이 이렇게 아름다울 수 있는지 경외감이 들었다. 머릿속을 채우고 있던 복잡한 감정들이 순식간에 사라졌다. 나는 가만히 바다를 바라봤다.

"여기가 나한테는 최고의 바다야. 우리 아빠가 계신 곳이기도 하고."

진우 오빠가 둥치가 커다란 나무들 사이로 가기에 따라갔다. 진우 오빠는 가장자리에 있는 나무에 다가가 허리를 굽혔다.

"이것 봐라."

한 뼘 정도 크기의 개구쟁이처럼 생긴 동자석이었다. 제주도에서는 무덤 주위를 돌담으로 둘러싸는 풍습이 있다. 그리고 무덤을 지키는 석상을 세우는데 우락부락하게 생긴 무서운 석상이 아니라 귀엽고 둥글둥글한 동자석을 세운단다.

"이상해요."

"나도 처음엔 이상하다고 생각했어. 근데 영혼이랑 동자랑 정말 잘 어울린다는 생각이 들더라고. 아빠가 가끔은 이 꼬맹이랑 즐겁게 말을 주고받고 놀 거라는 상상도 하고……."

무덤은 없지만 진우 오빠가 동자석을 가져다 놓은 마음을 충분히 알 수 있었다.

"좋은 날에는, 사실 안 찾아와. 기분이 안 좋거나 힘들 때는 여기 와서 음악을 듣거나 아빠한테 불평도 늘어놓고 그러는데……. 꼭 마지막에는 원망을 하게 돼. 왜 내 옆에 없느냐고. 근데 이제는 안 그러려고. 더 열심히 야구도 하고, 잘 산다고 자랑할 거야."

슬프면서 아름답다는 표현을 완벽하게 이해했다. 서울로 돌아가면 지금 이 순간을 많이 떠올리고 그리워할 거라는 확신이 들었다.

하얗고 푸르기만 한 하늘과 바다 사이에 붉은빛이 스며들면서 새로운 풍경이 펼쳐지고 있었다. 나는 파카 호주머니에 있는 핸드폰을 만지작거렸다. 놀러 다니면서 애나와 함께 셋이 찍은 사진은 있지만 단둘이서 찍은 사진은 한 장도 없다.

"오빠, 사진 좀 찍어 줄래요?"

나는 바다를 배경으로 동자석 옆에 무릎을 굽히고 앉았다. 진우 오빠는 내 부탁을 흔쾌히 들어줬다. 애나는 진우 오빠와 단둘이서 찍은 사진을 수십 장 갖고 있다. 물론 대부분은 진우 오빠가 모르게 찍은 몰카여서 초점이 안 맞는 게 더 많다.

"오빠도, 사진 같이 찍어요. 미래의 메이저리거가 될 수도 있으니까."

이 말을 하는데 떨려서 혼났다. 내 말에 오빠가 성큼성큼 걸어 내 곁으로 왔다.

"내가 들어간 팀이랑 블루드래곤즈랑 시합하면 누구 응원할 거야?"

한 번 팬은 영원한 팬, 당연히 블루드래곤즈다. 아무리 팀 성적이 꼴찌를 왔다 갔다 한다고 해도, 진우 오빠한테 마음이 간다고 해도 응원하는 팀을 바꿀 수 없다.

"오빠는 퀄리티 스타트(야구 경기에서 선발로 등판한 투수가 6이닝 이상 던지고, 3점 이하로 막아 낸 경기) 하고 블루드래곤즈가 이기는 걸로 해요."

"올, 의리 있네."

나도 내 대답이 마음에 들어서 속으로 감탄을 했다. 진우 오빠가 엉거주춤 키를 낮춰도 차이가 많이 나서 까금발을 했다. 넓게 펼쳐진 하늘과 바다를 배경으로 사진을 몇 번 더 찍었다. 그동안 나는 브이 자도 귀여운 척도 예쁜 척도 못 했다.

"어때?"

진우 오빠가 찍은 사진을 보여 줬다. 웃는 모습이 어색하긴 하지만 그런대로 나왔다. 물론 진우 오빠는 그야말로 조각상처럼 나왔다.

"여자들은 자기가 못 나오면 지우라고 난리던데……. 크큭."

여자들이라고 하니 기분이 묘했다. 하긴 진우 오빠 얼굴이면 줄을 설 여자들도 많은 게 당연하다. 경쟁이 치열해지겠지만 나의 가장 큰 경쟁자는 애나다. 애나의 찌푸린 얼굴이 눈앞에 나타났지만 잠시 옆으로 치웠다. 진우 오빠랑 키스를 한 것도 아니고 달랑 사진 몇 장을 찍었을 뿐이다.

14

사람한테 반하는 순간

선샤인에서의 마지막 밤이다. 애나는 내 옆에 달라붙어 있다.

"애나, 너 필리핀은 언제 가?"

"안 갈지 몰라."

나는 벌떡 일어났다. 아웃 오브 사이트, 아웃 오브 마인드니까 애나
가 없다면 진우 오빠랑 내가 훨씬 가까워질 수 있다고 생각했다.

애나가 일어나 나랑 눈을 맞췄다.

"필리핀 가자고 하는 사람은 우리 집에서 나밖에 없어. 여기 있으니
까 윤호 이모도 좋고 진우 오빠도 좋아. 진우 오빠랑 헤어져서 다른 나
라 가기도 싫고. 진우 오빠가 완전 멋있잖아. 내가 필리핀 있을 때 이상
한 여자가 꼬일 수도 있으니까. 내 사랑은 내가 지키려고."

지금 애나는 무적의 용사다. 진우 오빠한테 조금이라도 관심을 보이면 칼을 빼어 들 기세다. 나도 진우 오빠가 좋은데, 진우 오빠는 야구도 하는데, 진우 오빠가 내 이름을 부를 때 가슴이 붕 뜨는데……. 진우 오빠한테 작대기를 주고 나랑 애나 중에서 한 명을 선택하라고 한다면 뭐라고 할까. 무표정한 얼굴로 작대기를 허공에 던져 버릴 확률이 높다.

진우 오빠가 연애를 할 때마다 번번이 방해를 하는 애나 모습이 쉽게 그려졌다. 진우 오빠 얘기는 끝이 없었고 내가 티 나게 하품을 해도 애나는 그칠 줄 몰랐다.

"……내 이름 애나 아니다."

정신이 번쩍 들었다. 애나라는 이름을 처음 들었을 때 가명이 아닐까 의심도 했지만 애나한테는 애나라는 이름이 더할 나위 없이 잘 어울렸다.

"진짜 이름은 뭔데?"

"순정이."

강원도 고성이랑 마라도만큼 멀기만 한 순정이와 애나와의 간극 때문에 적당한 대꾸를 찾지 못했다.

애나, 아니 순정이가 살짝 웃었다.

"이름이랑 얼굴이 매치가 안 되지?"

나는 고개를 살짝 끄덕였다. 애나는 전형적인 필리핀계 얼굴이다.

"얼굴은 이런데 순정이가 뭐냐고. 마리, 안젤라, 재스민 같은 이름이 어울리잖아."

세상에서 자신이 제일 예쁜 줄 알았던 순정이는 유치원에 다니면서부터 다문화라는 단어를 알게 됐다고 했다. 초등학교 때 영어 학원에 다니면서부터 애나라는 이름을 써 왔다는 순정이는 애나가 『빨강머리 앤』에 나오는 다이애나의 애나라고 했다. 순정이와 나의 공통점을 발견했다. 나 역시 『빨강머리 앤』의 주인공이 앤이라고 해도 앤이 되고 싶은 생각은 눈곱만큼도 없다. 든든한 부모가 있고 성격도 무난한 다이애나이고 싶은 거다.

"애나라고 해 봤자 애나가 되는 것도 아니고. 이름을 바꾼다고 해결될 문제가 아니잖아. 중2부터는 오락가락 안 하고 순정이로 살 거야. 필리핀으로 도망 안 가고 내가 원하는 모습으로 만들어 보려고."

"아!"

사람이 사람한테 반하는 순간이 이런 순간인가 보다. 순정이는 시시한 어른이 아니라 괜찮은 어른이 될 거라는 확신이 생겼다. 그에 반해 나를 생각하자 가슴이 답답했다.

3학년 때 예쁜 여자아이와 짝이 됐다. 짝이 마음에 들어서 잘 보이고 싶었다. 용돈으로 꽃 모양 머리핀이나 비싼 초콜릿을 사 주기도 했다. 그러던 어느 날, 같이 문방구에 가는 길에 엄마를 만났다. 반갑게 손을 흔드는 엄마를 보자 짝이 알아차릴까 얼마나 조바심이 나던지. 나한테 다가올 거라 생각했는데 다행히 엄마는 다른 방향으로 걸어갔다. 집에 들어가니 엄마는 나를 반갑게 맞아 주었다. 엄마를 부끄러워

한 내가 많이 싫었다. 엄마는 당당한데 나는 그러지 못했다. 베프인 나영이한테도 말하지 못한 얘기다. 순정이한테 말하고 나니 창피했다.

"나 엉망이지?"

"아니."

애나의 큰 눈이 더 커졌는데 아기 눈처럼 맑고 깨끗했다.

"그럼 나도 엉망진창인데. 나도 우리 아빠 보고서 모른 척한 적 있어. 엄마를 보고 도망친 적도 있고. 몰랐잖아. 어렸고. 친구한테 잘 보이고 싶어서 그런 거니까 충분히 그럴 수 있어. 그리고 벌도 받았잖아. 모른 척하고 나면 미안해서 밥도 못 먹고 그런 거. 다른 사람들은 몰라도 나는 알아."

'안다'는 순정이 말이 위로가 됐다.

엄마를 모른 척하면서까지 친해지고 싶었던 짝은 나를 왕따시키는 데 앞장을 섰다. 그 덕분에 엄마는 학교까지 오고, 내가 코다인 사실을 모두가 알게 됐다.

"아이들은 우리 엄마가 한국인이고 예쁜 것도 싫어하더라. 엄마가 조금 덜 예뻤으면 왕따를 안 당했을 거라고 생각하니까 엄마가 거울 보는 것도 싫었어. 엄마도 내 마음을 알고 어느 순간부터 머리는 질끈 묶고 옷도 티셔츠에 바지만 입더라고. 우리 엄마가 한 몸매 하거든."

애나가 양손을 들어 허공에 에스 자를 그렸다. 예쁜 모습을 감추려는 엄마 모습이 더 싫어진 애나는 엄마한테 그냥 예전처럼 꾸미라고 했단다.

"힘들었겠다."

"전따라고 해서 심각하게 생각할 거는 없어. 애들한테 맞고 그런 거
는 아니고 그냥 내가 안 보이는 것처럼 행동해서, 나도 쟤들은 유령이
다, 유령이다 하면서 혁명한다고 생각했지."

"혁명?"

"뭐 꼭 거창하고 진보적인 일에만 쓸 필요는 없잖아. 나는 부끄러울
게 없는데 나보고 부끄러워하지 않는다고, 내가 뭐 큰 잘못을 한 것처
럼 흉을 보고 무시하잖아. 애들이 원하는 대로 타협을 할까 생각했는
데 그 영화, 깃발 나부끼고 노래 부르고, 그 그."

무슨 영화인지 알고 있지만 이름이 생각나지 않아 한참 만에야 기억
해 냈다. 프랑스 혁명을 다룬 뮤지컬 영화 '레미제라블'이었다.

"그 영화 보면서 나도 혁명하기로 했어. 잘못된 인식을 바로 세우는
거야. 내가 타협한다면, 엄마와 아빠의 선택이 잘못된 것이라고 인정하
는 거니까, 잘못은 쟤네들이 하는 거라고 생각하면서 꼿꼿이 버텼어.
힘들었지만……."

우리가, 중학생이, 혁명이라는 단어를 쓴다면 뭣도 모르면서 잘난 척
한다고 할지 모르겠다. 하지만 순정이의 혁명은 순수하고 절박하고 고
독하다.

"애나, 아니 순정아."

키도 작고 몸무게도 덜 나가는 순정이가 수많은 사람들 앞에 서서
커다란 깃발을 흔드는 모습이 머릿속에 떠올랐다.

"완전 멋지다."

"내가 한 멋짐해."

순정이는 제주도에 와서 다문화 관련 프로그램에 열심히 참여한다고 했다. 물이 위에서 아래로 흐르고, 해가 동쪽에서 떠서 서쪽으로 지는 것처럼 다문화가 더 자연스럽게 녹아들 수 있도록 노력하겠단다.

"우리 서로 재수 없었던 얘기 할까? 콜?"

"콜!"

코다인 나와 다문화인 애나는 공부를 잘해야 하고 착해야 하고 욕을 하면 안 되고 다른 사람의 모범이 되어야 하고…… 수많은 강박과 동정과 연민의 말과 시선을 견뎌야 했다. 왜 진우연과 이순정으로 봐주지 않았을까.

"우리 엄마 보고 예쁜데 어쩌다 필리핀 남자랑 결혼했냐고 하는 거야. 아오 재수 없어."

"다짜고짜 수화로 욕을 가르쳐 달라는 거 있지. 재수 없어."

"비싼 옷 입으면 짝퉁이라고 했어. 우리 아빠 사장이었는데, 그땐 잘 살았는데……. 지금은 아니지만."

우울한 얘기지만 순정이는 웃었다. 나한테는 최후의 필살기가 있다.

"너 처음 보는 사람한테서 돈 받아 봤어?"

내 말에 순정이가 깔깔거리며 웃기 시작하더니 나중에는 눈물까지 흘렸다.

"나, 아흐흐, 끄으윽. 알아. 나도 천 원, 천 원."

순정이 말에 이번에는 내가 터졌다. 나는 오른손을 활짝 펼쳤다. 5천 원을 받았다. 처음에는 몰랐다. 어느 순간 거리낌 없이 내 손을 잡고 5천 원, 천 원, 5백 원을 쥐여 주는 사람을 만날 때면 그 사람보다 그 시간, 그 공간에 있는 내가 제일 싫고 미웠다. 그 일들을 이렇게 깔깔거리며 이야기할 수 있을 거라고는 생각하지 못했다. 애나가 산뜻하게 털어 낸 것처럼 이제는 나도 털어 내야 하지 않을까.

아빠가 승합차 운전석에 앉고 상지 언니가 조수석에 앉았다. 윤호 아줌마가 할머니, 엄마랑 먹으라며 옥돔, 갈치, 한라봉과 오메기떡을 챙겨 줬다.

"건강하고. 잘 지내."

나란히 늘어서 있는 사람들한테 인사를 하는데 안타깝게도 진우 오빠가 안 보였다. 서운하고 아쉽기도 했지만 괜찮다. 어디에 사는지도 알고 전화번호도 아니까 만나려면 만날 수 있다.

뒷좌석에 타려는데 순정이가 내 손에 작은 상자를 내밀었다.

"어? 나는 선물 준비 못 했는데."

"괜찮아. 있지이, 진우 오빠는 한 번도 애나라고 안 불렀당."

큰 비밀을 알려 주는 것처럼 귓속말을 한 애나는 진우 오빠 생각만으로 좋은지 킥킥거렸다.

차가 출발하자마자 상자를 풀었다. 상자 안에는 야구공과 강아지 모양의 브로치가 있었다. 나는 해녀 그림이 그려진 카드를 펼쳤다.

안녕, 우연아.

브로치는 점토 수업할 때 만든 거야. 세상에 하나밖에 없는 오래 브로치야.

만들면서 오래 오른쪽 눈을 뜨게 해 줄까 고민했는데 그러면 오래가 아니더라.

오래도, 나도, 너도 잘 살자. 참 야구공은 진우 오빠한테 졸라서 받았어.

오빠가 유명해지면 사인한 공을 비싸게 팔 수 있을 거야.

처음 만났을 때 티 내지 않아서 좋았어. 또 만나.

"우와!"

"우연이 선물 받아서 신났네, 신났어."

상지 언니는 내가 선물 때문에 감탄을 한 줄 알지만 아니다. 삐뚤빼뚤한 순정이 글씨를 보니 저절로 탄성이 나왔다. 나도 글씨를 못 쓰지만 순정이는 정말 너무너무 못 쓴다. 이제 곧 중2가 되는데 영어 회화가 문제가 아니라 글씨가 문제다.

공항에 도착한 뒤 아빠랑 나는 별다른 이야기를 하지 않았다. 탑승 수속을 하려는데 아빠가 내 손을 잡았다.

"아빠 연락할게. 이번에는 약속 안 어기고 우연이한테 자주자주 연락할게."

"너무 자주 말고, 일주일에 한 번은 해."

"그, 그, 그래."

나는 손을 작게 흔들었다. 아빠는 나와 다르게 양팔을 벌려 위아래로 크게 흔들었다.

서울에 돌아온 뒤 얼마 지나지 않아 요양원에 갔다. 엄마가 주방으로 일하러 갔을 때 할머니를 휠체어에 태워 고시원 앞마당으로 산책을 갔다. 햇볕이 좋았다. 할머니가 호주머니에서 주섬주섬 뭔가를 꺼내 펼쳐 보였다.

1. 장수 정육 식당 김 사장   2. 우리 떡집 장 사장
3. 필승 학원 김 선생   4. 최 선생

할머니의 버킷리스트에는 엄마 결혼시키기도 있었다. 할머니의 버킷리스트에는 대전의 유명한 빵집에서 단팥빵 먹기, 고향 다녀오기, 싸운 친구와 화해하기, 외숙모 칭찬하기, 노래방 가기, 그리고 춤을 좋아한 할머니답게 댄스장에서 춤추기도 있었다. 노래방은 시도 때도 없이 다녔다.

할머니는 버킷리스트가 생각날 때마다 적고, 한 일들은 줄을 그었다. 어느 날 할머니 노트에 '장 선생 면회 가기'가 적혀 있었다. 장 선생이라면 할머니한테 사기를 쳐서 우리 집을 사라지게 한 나쁜 할아버지다. 엄마한테 일러바쳤지만 엄마는 모른 척하라고 했다.

"왜? 왜? 왜?"

내 목소리가 커지자 엄마 손이 바쁘게 움직였다.

할머니는 용서하고 싶으신 거야. 할머니 가시기 전에 그러고 싶다는데, 우리가 왜 막아? 할머니 마음이야. 너 할머니한테 쓸데없는 소리 하면 가만 안 둬!

아까 할머니 방 책상 위에 청송 우체국 사서함 번호가 적힌 편지 봉투를 봤다. 장 씨 할아버지가 보낸 편지였는데 궁금했지만 모른 척했다.

나는 할머니가 내민 쪽지를 다시 살펴봤다. 1번 김 사장 아저씨는 정육 식당을 하니까 고기를 마음껏 먹을 수 있다. 하지만 대머리에다가 고깃집 사장답게 배가 많이 나왔다. 나는 빵은 좋아하지만 떡은 안 좋아한다. 그러니까 2번은 패스. 3번 김 선생은 영어 학원 선생님이다. 내영어 실력을 높여 줄 수 있겠지만 몸이 멸치처럼 마른 데다가 눈빛이너무 날카롭다. 거기다 비정규직이다.

"최 선생은 누구야?"

"읍내 나가서 치과 치료 받았는데, 거기 의사야."

헐, 할머니 눈 높은 거는 알아줘야 한다.

"할머니는 누가 마음에 드는데?"

"너랑 네 엄마 마음에 들어야지. 나는 상관없고."

난 당연히 4번이다. 1, 2, 3번 모두 아는 사람들이라서 그런지 기대감이 없지만 4번은 모르니까, 그리고 의사니까 돈도, 집도 있지 않을까. 하지만 내가 아는 1, 2, 3번은 엄마를 좋아하는 티를 팍팍 낸다. 특히 1번이 가장 적극적이다. 고기를 사러 갈 때면 얼마만큼 달라고 할 필요도 없이 제일 좋은 부위를 뭉텅뭉텅 썰어서 준다. 돼지고기를 달라고 하는데 쇠고기를 끼워 주기도 한다. 엄마는 전혀 미안하다거나 고마운 기색 없이 당당하게 받는다.

4번이 중2를 앞둔 딸이 있는 청각장애인을 만나 주기라도 할까. 영화나 드라마에는 조건 없이 반해서 사랑하고 결혼하는 스토리가 있지만 현실에서는 거의 가능성이 없다.

"할머니, 나 말고 엄마한테 물어봐. 나는 엄마가 몇 번을 찍어도 괜찮아."

"말도 꺼내지 말라고 하니까 그러지. 결혼도 아니고 연애하라는 데도 난리야."

"할머니, 그건 있잖아 여기에 적힌 아저씨들이 엄마 마음에 안 들어서 그래. 엄마는 좋아하는 사람 만나면 먼저 연애하자고 그럴걸. 엄마 용감하잖아."

같은 학교에 다니는 아빠를 본 엄마는 용감하게 연애를 하자고 했다. 그래서 연애를 하고 결혼을 하고 이혼을 하고 나를 낳았다.

"우연아, 고마워."

할머니 옆에 나란히 앉아 있던 나는 할머니 앞으로 가서 쪼그리고 앉았다. 할머니 눈을 이렇게 마주 보는 것은 오랜만이었다. 얼굴에 살이라고는 거의 없는 할머니가 깡마른 손으로 내 얼굴을 만졌다.

"우리 우연이, 할머니가 엄마랑 둘이만 살기에는 너무 외로워서, 그래서 천국에 사는 너를 불러냈어. 너무 온 힘 쓰면서 살지 마. 그냥 네가 좋은 대로, 자유롭게 살아, 알았지? 그리고 할머니 가도 조금만 슬퍼해."

할머니에 대한 최초의 기억은 손뼉을 치던 모습이다. 할머니는 왼쪽, 오른쪽, 위, 아래에서 손뼉을 치며 내가 그 소리에 반응을 하는지 체크했다. 병원에서 별 이상이 없다고 해도 시장에 일하러 가기 전에 한 번, 저녁에 집에 돌아와서 한 번. 손뼉을 치는 일은 초등학교에 들어갈 때까지 계속되었다.

할머니 얼굴을 볼 수가 없어서 할머니 무릎에 얼굴을 묻었다. 할머니가 방금 한 말이 유언이라는 것을 알았다.

마술 공연장 앞에서 아빠를 만나기로 한 날, 아빠는 할머니한테 약속을 못 지킨다고 말했단다. 그 얘기를 듣고서 가만히 있을 할머니가 아니다. 혼자라고 생각했지만 난 혼자가 아니었다. 계단에 앉아 있을 때도, 편의점에 갈 때도, 공연장 주변을 서성거릴 때도 할머니가 나를 지켜보고 있었다.

15

힘들었지만, 그래도 행복했어

"나 공무원 할 거야."

"언니가?"

"왜? 못 할 것 같아?"

"아니, 언니는 잘할 것 같아. 힘들다는 방송 작가도 했으니까. 근데 언니가 하는 방송을 못 보는 게 아까워서. 언니 방송이 얼마나 좋은데……, 아얏!"

"고마해. 많이 묵었어."

상지 언니가 내 볼을 쥐고 흔드는 바람에 말을 끝까지 맺지 못했다. '우리 시대의 어른을 찾아서'는 언니 노트북 안에 아직 있다.

"할머니가 나 공무원 한다고 하면 좋아했을 텐데."

할머니는 종종 상지 언니한테 방송국 헛바람이 들었다며 공무원 시험을 보라고 했다. 그때마다 언니는 공무원보다 더 잘나가는 사람이 될 거라며 꿋꿋하게 버텼다.

"언니, 할머니는 안 좋아할걸."

내 말에 언니가 무슨 소리를 하느냐는 표정으로 바라봤다.

"할머니는 언니가 진짜 하고 싶은 일 하기를 바랄 거야. 방송 작가 일 좋아하면서 공무원 하는 건 아닌 것 같아."

"오올, 진우연 너 많이 컸다."

언니 말대로 키가 아니라 마음이 컸다.

할머니는 2월 마지막 날, 돌아가셨다.

요양원에서 요양 병원으로 옮긴 뒤 할머니는 정신을 차리지 못했다. 매일 진통제에 의지해서 잠을 잤다. 상지 언니와 함께 병실에 갔을 때 엄마랑 외삼촌, 외숙모, 이모할머니까지 있었다. 할머니가 가느다란 신음 소리를 낼 때마다 온몸이 따끔거렸다.

할머니 눈이 천천히 열렸다. 우리는 모두 할머니와 눈을 맞추려고 노력했다. 할머니 입이 벙긋 벌어지고 눈꼬리가 살짝 올라갔다.

"할머니 웃고 있어."

눈물 때문에 고개를 돌린 엄마를 돌려세웠다. 잠시 뒤 할머니는 작게 숨을 내뱉더니 세상을 떠났다.

옥색 한복을 입고 빨강 립스틱을 바른 할머니 모습이 평화로워 보여서 마지막 인사가 생각보다 힘들지는 않았다. 하지만 관이 불길 속으로 사라질 때는 숨을 쉬기 힘들 정도로 고통스러웠다. 할머니 바람대로 수목장으로 했다. 나는 한참 동안 할머니의 유골이 뿌려진 나무를 꽉 껴안은 뒤 작은 동자석을 나무 밑동에 놓았다. 할머니 심심하지 않게 친구가 되어 달라고 몇 번이나 부탁했다.

병원에서 잠시 깼을 때 할머니는 나한테 또 미안하다고 했다. 수화 안 배운다고 어깃장 부렸을 때 회초리 들어서 미안하다고.

"아니야, 할머니 덕분에 2개 국어 할 줄 알아. 할머니 덕분에 나 부자였어."

사실이다. 우리 집에는 그림책부터 온갖 종류의 책과 장난감이 흘러넘칠 정도로 많았다. 대학생 언니나 오빠들이 쓸 법한 비싼 책상과 의자를 사 준 사람도 할머니였다. 무엇보다 말이 안 통하는 엄마 때문에 답답해하던 나를 시도 때도 없이 안아 주고 달래 주던 사람도 할머니였다. 잊으면 안 되는 기억인데 잊고 있었다.

내 말에 할머니는 만족한 웃음을 짓더니 입을 열었다.

"별 탈 없이 늙어서 죽는 것도 행복이야. 할머니 행복해."

행복하다는 말을 들었을 때 할머니 정신이 온전하지 못하다고 생각했다. 외할아버지는 엄마가 고등학생일 때 돌아가셨고, 엄마는 청각장애인에 자식이 있는 이혼녀고, 외숙모랑은 사이가 안 좋았고, 수십 년을 시장에서 반찬 장사를 했다. 무엇보다 할머니가 좋아하는 사람이 할머니를 속이고 사기를 쳐서 전 재산인 집이 날아가고 대장암까지 걸렸다.

이불을 덮어 주려는데 할머니가 내 손을 잡더니 진지하게 말했다.

"진짜 행복하다니까. 네 엄마 귀가 안 들린다고 했을 때 하늘이 무너지는 것 같더라. 몇 날 며칠 통곡을 했지. 네 외할아버지가 죽었을 때도 그랬다. 그런데 우연아, 어떻게 사나 막막한 적은 있었지만 단 한 번도 죽고 싶다는 생각은 안 했어. 내 나이에 이 정도 질곡 없는 사람이 없어. 산다는 게 그 자체로 힘든 일이야. 힘들어서 불행한 게 아니라 힘들었지만, 그래도 행복했어."

할머니는 자신을 행복한 사람으로 기억해 주기를 바랐다. 가슴이 죄어 올 때면 할머니의 바람을 떠올렸다. 내가 천국에서 왔다면 할머니도 천국에 있을 거라고 그렇게 믿었다.

엄마는 가방 하나만 들고 상지 언니네로 왔다. 할머니의 흔적이라고는 함께 찍은 사진 말고는 없었다.

처음에는 할머니가 없다는 사실이 실감이 안 났다. 그런데 어느 순간 할머니가 못 견디게 보고 싶었다. 할머니는 조금만 생각하라고 했는데 그 말을 들어줄 수 없었다.

참지 말고 너 하고 싶은 대로 해.

엄마 말을 듣자마자 할머니 얘기를 했다. 생각나면 말하고, 보고 싶을 때는 울었다. 그러다 보니 할머니가 곁에 있는 것처럼 느껴졌다. 상지 언니는 가끔 일이 안 풀릴 때면 '할머니가 안 도와주면 나 때려치울 거야.' 같은 말도 안 되는 협박을 했다. 엄마도 대놓고 하늘을 향해 '엄마, 우연이가 말을 죽자고 안 들어. 쟤 언제 철들까? 응?' 하며 내 흉을 봤다. 물론 나도 가만히 있지는 않았다.

"할머니, 엄마 완전 도움이 안 되는 것 있지? 다이어트 한다니까 케이크 사 오고 고기 굽는 것 알아? 키가 2센티밖에 안 컸는데 옆으로 계속 퍼지기만 하면 어쩌라고. 짱나 진짜."

할머니는 시시때때로 불려 나와서 우리 얘기를 들어야 했다.

애나 아니 순정이는 필리핀 이민 대신 제주도에서 살기로 결정했다. 선샤인 카페에서 일하는 순정이 엄마는 요리 솜씨가 별로지만 커피랑 샌드위치는 끝내주게 만들어서 손님들이 좋아한다고 했다. 순정이 아빠는 제주도에 직장을 알아보고 있다고 했다. 순정이가 일주일에 한 번은 동네 애들이랑 야구 시합을 한다는 게 샘나긴 했지만 제주도에 가면 갈 곳이 있고, 함께할 친구도 있어서 좋았다.

진우 오빠 떠나보내기로 했어.

순정이가 보낸 이모티콘은 눈물로 가득 차 있었다.

왜?

186

사랑은 주고받는 거잖아.
오빠는 나를 완전 동생으로만 생각해.

나 역시 우는 이모티콘을 보냈다.

고백했다가 차였어.

우와, 순정이는 정말 강력하다. 진우 오빠는 뭐라고 했을까 궁금했
다. 개봉을 앞둔 영화의 티저 영상을 본 것처럼 내용을 알고 싶어 속이
탈 정도였다.

왕짜증, 왕무시. 그냥 웃더라고.

웃으면 긍정적인 신호 아닐까?
좋아서 웃은 것일수도?

노노노노. 하하하도 아니고 으하하도 아니야.
피식이야 피식. 걍 기가 차다는 웃음 있잖아.
공부나 열심히 하래.

나도 모르게 다행이라고 보낼 뻔했다. 나는 글자를 지우고 슬픔을

나타내는 온갖 이모티콘을 날려 슬픔에 참가했다. 순정이가 윤호 아줌마를 통해 알아낸 진우 오빠 이상형은 지적인 여자였다. 전 여친도 인서울 대학에 들어갔다면서.

지적인 거랑 좋은 대학 가는 거랑은 다르지, 그치?

현실을 부정하고 싶어 하는 순정이 심정을 이해한다.

대부분은 똑같다고 생각할걸.

나도 지적이기는 힘들지만 순정이도 현실을 직시해야 한다. 순정이는 세련되고 멋진 여자가 돼서 진우 오빠가 후회하도록 만들겠단다. 순정이도 나영이 못지않게 드라마를 쓰는 데 소질이 있다.

한참 동안 진우 오빠와 이별식을 하던 순정이가 사진을 보냈다. 오래 사진이었다. 통통하게 살이 찐 오래가 마당의 자기 집 앞에서 햇볕을 쬐고 있었다.

오래는 마당을 누비며 모든 일에 간섭을 하며 지낸다고 했다. 오래가 사람한테서 받은 상처를 조금씩 극복하는 것 같아 다행이었다. 순정이가 보낸 오래와 행복, 행운이 가족사진을 아빠한테 보냈다. 아빠가 구한 가족이니까 좋아할 거다.

"기회는 잡으라고 있는 것이지. 온 우주가 너를 돕는다."

나영이는 최신 유행하는 빨강 립스틱을 들고 있다. 빨강이 하나면 좋았을 텐데 수십 가지의 빨강이 있다. 나영이 눈두덩은 분홍색 아이새도가 덮고 있어서 눈이 퉁퉁 부어 보였다. 거기에 빨강 계열의 립스틱을 발랐다 지웠다를 반복하는 중이다.

"돕기는 뭘 도와?"

"빈집이잖아. 주인이 없는."

나영이의 어휘 구사력이 하늘을 찌르고 있다.

"너 이런 대사, 소설에 썼냐?"

물어볼 필요도 없다. 나영이가 쓰는 웹소설은 연재 중단이다. 재미있어서 시작했는데 쓰는 일이 재미있다기보다 스트레스가 심하다는 이유였다. 언제 다시 시작할지는 모르지만 엄마와 나를 주인공으로 하는 소설을 쓰고 싶어서 호시탐탐 기회를 엿보고 있다.

"오라버니 완전 시골, 극시골에서 훈련 중이잖아. 그러니까 몸도 마음도 힘들고 외로울 거란 말이지. 이런 좋은 기회를 놓치면 넌 완전 바보야, 바보."

"어떻게 해야 하는데?"

내 질문을 예상 못 한 듯 나영이가 꿀 먹은 벙어리가 됐다. 극시골에 있는 훈련장에 가 봤자 완전 민폐일 거고, 사귀자고 해 봤자 순정이한테 한 것과 똑같은 반응일 것 같다.

"잘 생각해. 나중에 잘나가서 처다보지도 않을 수 있으니까. 아니다.

사귄다고 해도 잘나가면 헤어질 수도 있고. 그러면 시간 낭비, 감정 낭비, 돈 낭비 하는 건데 안 사귀는 게 낫나?"

진우 오빠는 레드유니콘스의 육성 선수가 됐다. 순정이가 선샤인 단톡방을 만들면서 진우 오빠 소식을 저절로 알게 되었다. 스포트라이트도 못 받고 계약금도 없고 최저 연봉도 보장받지 못하는 비정규직 연습생이 된 것이다.

"무조건 1군이 목표야. 그러려면 공을 얼마나 던져야 할지 몰라. 패전 투수가 될 수도 있겠지. 하지만 겁내지 않으려고. 지면서 이기는 법을 알 수도 있을 거야. 지더라도 쉽게 지지 않을 거야. 끝까지 물고 늘어질 거야. 이기는 것도 중요하지만 잘 지는 것도 중요하거든."

진우 오빠한테 축하한다는 말을 하려고 전화를 걸었다. 그때 진우 오빠는 이런 멋진 말을 남겼다. 그동안 무조건 이기는 게 중요하고 지면 끝이라고 생각했지, 지는 방법에 대해서는 생각해 본 적이 없다. 그런데 진우 오빠 말이, 그건 아니라고 하는 것 같아서 좋았다.

진우 오빠를 위해 난생처음 내 돈으로 프로야구 응원 이모티콘을 사서 보냈다.

여전히 빨강 립스틱은 나영이한테 안 어울린다. 나는 리무버가 묻은 솜으로 나영이 입술을 세게 문질렀다. 나영이가 인상을 썼지만 개의치 않았다. 그런 뒤 코랄색 립스틱을 골라 나영이 입술에 발랐다. 나영이의 도톰한 입술에 자연스럽게 어울렸다. 하지만 나영이는 빨간색을 그 위에 덧발랐다. 입술만 도드라지게 눈에 띈다.

"친구, 내가 왜 빨강을 좋아하는지 알아?"

지금 입은 속옷의 브랜드도 아는 사이지만 나영이의 빨강 집착증은 모르겠다.

"나하고 안 어울려서야. 그냥 안 어울리는 게 아니라 짜증 날 정도로 안 어울리거든. 지금 전쟁 중이야. 네가 이기나, 내가 이기나 하면서. 물론 나의 승리로 해피엔딩 할 거야."

이 무슨 선문답이란 말인가. 나영이의 중2 병은 벌써 시작됐다.

16

즐거운 혁명

제주도에서 돌아온 뒤 얼마 지나지 않아 신 아줌마한테서 전화가 왔다. 미안하고, 고맙다고 했다. 그리고 할머니가 돌아가셨을 때는 아빠한테서 전화가 왔다. 아빠가 호주로 가기 전에 할머니를 만나서 다행이었다. 아빠를 만났을 때 할머니는 정신이 오락가락했지만 아빠가 일어설 때 분명하게 말했다.

"인연을 귀하게 여기시게."

아빠는 나랑 엄마한테 힘내라고도 했다. 전화를 끊을 무렵 아빠가 신 아줌마를 바꿔 주었다.

"할머니, 좋은 곳으로 가시라고 기도했어."

신 아줌마한테 서운했던 기억은 잊기로 했다. 그것 말고도 내 안에

채울 게 많을 텐데 안 좋은 기억까지 갖고 갈 필요는 없다.

영상통화가 왔다. 아빠였다. 나는 통화 버튼을 눌렀다. 아빠와 또 한 명이 있었다. 동글동글 귀엽고 또 귀여운 내 동생.

"우주야, 누나야. 우연이 누나."

"누우나."

혀 짧은 우주 목소리가 너무 귀여웠다. 나도 모르게 핸드폰을 눈앞에 가까이 대고 손을 흔들고 입술을 모아 뽀뽀하는 흉내를 냈다. 그때마다 우주는 박수를 치며 자신의 입술도 삐쭉 내밀었다.

"우주, 잘 지냈어?"

우주가 이를 드러내고 활짝 웃었다. 아빠 품에 안겨 있는 우주가 화면에서 벗어났다. 방 안을 우다다 뛰어다니는 모습이 자그마하게 잡혀서 아쉬웠지만 다섯 살 꼬마를 잡아 놓을 방법은 없다.

"우주 보고 싶으면 언제든지 연락해."

"정말?"

"우주 엄마도 허락한 일이니까 괜찮아."

우주가 깔깔거리며 크게 웃는 소리가 들렸다.

"내년 봄에 우리 한국에 갈 거야."

"우와!"

아빠를 만나는 것도 좋지만 우주를 만날 수 있어서 더 기뻤다. 내년 봄, 아직 1년 정도 남았지만 충분히 기다릴 수 있다.

톡, 톡.

엄마가 젓가락으로 식탁을 두드렸다.

할 말이 있어.

"나도."

엄마가 나보고 먼저 말하라고 했다.

"엄마, 왜 아빠 프러포즈 거절했어?"

엄마 눈이 두 배로 커졌다가 다시 제자리로 돌아왔다. 내가 다섯 살 때 아빠는 엄마한테 다시 결혼하자고 했단다. 할머니를 통해 알아낸 사실이다.

사랑하지 않으니까.

혹시나가 역시나다. 엄마 말을 나영이한테 얘기하면 이 시대가 원하는 용감하고 멋진 여성의 모습이라고 몇 날 며칠 찬양을 한 뒤 소설에 쓰면 안 되느냐고 조르겠지.

지금 엄마는 내가 묻는 모든 말에 대답할 준비가 된 것처럼 보인다. 그런데 더는 물을 게 없다.

"엄마 할 말은 뭐야?"

나도 엄마 말을 들을 준비를 했다. 혹시 엄마가 연애한다고 하면 조금은 반대를 한 다음, 좋은 휴대폰을 사는 걸로 허락을 할 참이었다. 할머니의 버킷리스트 중에서 이루지 못한 거라고는 엄마의 연애밖에 없었다.

여름방학 때 엄마 여행 갈 거야.

챗, 그게 뭐라고. 어린 딸을 두고도 오랫동안 떨어져서 산 엄마다. 아마 혼자 간다는 거겠지.

"갔다 와."

좀 먼데?

멀다는 얘기에 내 눈이 반짝였다.

"제주도? 나도 갈래, 나도. 제주도에서 한 달 살기 그런 거 할래. 아니다, 엄마랑 같이 안 가도 나 혼자 가도 돼. 엄마는 엄마대로, 나는 나대로 여행하지 뭐."

엄마 표정이 진지해졌다.

엄마 산티아고 갈 거야. 거기 순례길이 있는데 생각보다 많이 걸릴지 몰라.

산티아고가 정확히 어디인지는 모르지만 저 멀리 유럽에 있다는 사실은 안다.

이번이 아니면 못 갈 것 같아서 다녀오려고. 할머니가 자유롭게 살라고 하셨거든.

설마 할머니는 딸과 손녀한테 똑같은 유언을 남겼을까.

"엄마, 혹시 할머니가 필요해서 천국에서 뭐 그런 얘기는 안 들었어?"

엄마 반응을 보니 그건 나한테만 해당되는 모양이다. 처음 예상과 빗나갔지만 나는 처음 생각했던 대로 말했다.

"휴대폰 바꿔 줘."

너 너무한다.

"아니, 엄마가 너무하지. 외국 간다면서 혼자."

그 순간 깜짝 놀랐다. 엄마는 청각장애인이다. 청각장애인 엄마가 외국에 간다니. 엄마는 수화만 할 줄 안다. 수화는 나라마다 다르다.

"가이드 있어?"

아니라는 생각이 들면서도 물어봤다. 엄마한테 필요한 가이드는 수화를 할 줄 아는 사람인데, 그런 여행 가이드가 있다는 이야기는 들어

보지 못했다.

혼자서, 배낭여행 가는 거야. 나 그런 거 하고 싶었어. 예전에 할머니한테 가고 싶다고 했는데 반대하셨거든. 돌아가실 때 너무 후회된다고 하시더라. 사실 할머니가 반대해서 안 간 게 아니라, 내가 겁이 나서 못 간 거야.

엄마는 용감하면서도 겁쟁이였다.

체력이 있어야 할 것 같아서 운동도 열심히 하고 있어. 아무리 그래도 네가 싫다면.

엄마 양손을 잡았다.
내가 싫다고 해도 엄마는 언제나 엄마 생각대로 했다. 학교에 오지 말라고 해도 왔고 삼계탕이 먹기 싫다고 해도 삼계탕을 끓였고 보라색 코트를 안 입겠다고 해도 입혔다. 하지만 이번에는 내가 싫다고 하면, 엄마는 안 갈 거다.
"오, 이 분위기 뭐야? 너 뭐 잘못했어, 응?"
완전 초췌한 모습으로 들어오던 상지 언니가 발걸음을 멈췄다.
"아니네요. 언니, 엄마 산티아고 간대!"
내 말에 상지 언니가 김샜다는 표정을 지으며 내 옆에 앉았다. 엄마랑 얘기를 할 때는 늘 맞은편에서 입술을 크게 움직여 말한다.

"얘, 휴대폰 사 달라고 하지? 고모가 강하게 나가야 한다니까. 솔직히 비싼 핸드폰 뭐가 필요해."

아니. 우리 우연이 그런 얘기 안 했는데. 우연이는 내가 잘 갔다 올지 걱정하는데.

우리 엄마는 보통이 아니다. 상지 언니가 엄지까지 치켜드는데 아니라는 진실을 밝힐 수 없다.

"내가 오늘 치킨 쏜다!"

"좋은 일 있어?"

상지 언니가 나를 껴안았다.

"기획안 통과됐어? 그때 시대의 어른 그거?"

"아니. 그건 방송사 사장들이 싹 물갈이 된 다음에 다시 하는 걸로 하고. 이번에는 프로야구 선수들을 다룰 거야."

"재미있겠다."

"그런 영혼 없는 액션 하지 마. 메이저리그에 진출한 프로야구 선수들은 다른 작가들이 다룰 거니까. 나는 육성 선수들의 세계를 다룰 거야. 정식 선수가 되고 2군 경기에 나가고 나중에 1군 무대에 서는 선수들 말이야. 진우가 있는 레드유니콘스 선수들을 중심으로."

"대박!"

시청률이 어떨지 모르지만 무조건 좋다. 진우 오빠 팬들이 많아지면 오빠도 더 힘을 낼지 모른다. 경쟁자가 많아진다고 해도 메이저리거 김성운 선수처럼 진우 오빠도 육성 선수의 신화를 쓰는 클로저가 됐으면 좋겠다.

"연주한테 빨리 오라고 전화해."

"오케이!"

참 연주 언니도 우리랑 함께 산다. 큰방은 엄마와 내가, 상지 언니랑 연주 언니는 작은방을 같이 쓰는데 상지 언니는 큰방과 작은방을 오간다. 좁은 집에서 여자 네 명이 복작거리며 사는데 네 명이 다 각자 바빠서 주말이 아니고는 같이 밥 먹기도 힘들다. 그리고 연주 언니는 공무원 시험 준비를 그만뒀다. 지금은 편의점에서 알바를 하며 방송작가 교육원에 다닌다. 연주 언니의 롤모델이 된 상지 언니가 통장까지 보여 주며 반대를 했지만 연주 언니의 꿈을 꺾지는 못했다.

3년 만에 엄마랑 함께 온 야구장이다. 나는 엄마가 사 준 블루드래곤즈 유니폼을 입고 마스코트인 고니 머리띠까지 했다. 상지 언니 덕분에 생각지도 않던 테이블 좌석에도 앉았다.

오늘은 프로야구를 시작하는 날이다. 작년 10위 팀인 블루드래곤즈와 5위 팀인 K자이언츠의 경기가 열린다. 가슴이 떨려 왔다.

"플레이볼!"

주심이 외치자 소란스럽던 경기장이 일시에 조용해지면서 경기가 시작됐다. 블루드래곤즈 에이스인 윤주민 선수는 잘 던졌지만 어처구니없는 수비 실책이 이어졌다. 알까기에 송구가 빗나가면서 쉽게 2점을 주고 말았다. 다음 회도 마찬가지였다.

"그래, 너희들이 그러면 그렇지. 점수를 내란 말이야. 5대 빵이다, 5대 빵. 니들이 그러고 프로냐?"

"스프링캠프에서 놀다 왔냐? 첫날부터 이럴래? 아오, 욕심내서 붕붕 휘두르지 말고 팀 배팅을 하라고."

사람들은 공 하나하나에 안타까워하며 고함을 지르고 박수를 쳤다. 쉽게 점수를 내는 상대팀과 다르게 블루드래곤즈는 사람들의 진을 다 빼고 어렵게 2점을 뽑았다. 하지만 블루드래곤즈를 응원하는 어느 누구도 실망하지 않았다. 9회 말 투아웃이 되어도 뒤집을 수 있고, 꼴찌가 일등을 이기는 것도 야구니까.

누구보다 처음 경기장에 온 상지 언니가 제일 열성적으로 응원했다. 5회 말 공격이 끝난 휴식 시간에 화장실 간다며 상지 언니가 일어서는데 주변이 웅성거렸다. 카메라맨이 언니를 비춘 거다. 건너편 대형 스크린에 언니와 엄마, 나까지 나왔다.

"뭐, 뭐야?"

"춤춰. 춤."

상지 언니가 난감한 얼굴을 하는데 엄마가 일어나서 춤을 췄다. 노래방에서 할머니랑 손잡고 빙글빙글 돌며 추는 아줌마 춤이 아니다. 손을 살랑살랑 흔들며 허리와 엉덩이를 비트는데 진심 대박이다. 우리 엄마, 진짜 춤꾼이구나.

엄마가 내 손을 잡고 일어나라고 했다. 나도, 상지 언니도 춤을 췄다. 춤꾼인 엄마와 달리 상지 언니는 막춤을, 나는 체조에 가까운 동작이 었지만 야구장 사람들은 박수를 치며 즐거워했다.

오랫동안 나는 내가 마음에 안 들어서 은근히 미워했다. 누구보다 나를 괴롭히고 힘들게 한 사람은 타인이 아니라 나 자신이었다. 처음 부터 한계는 없었다. 그냥 내가 못나서 타석에 들어설 생각을 못 하고 벤치 주위만 맴돌았다. 할머니는 홈런처럼 큰 꿈만이 성공이고 행복이 아니라 포볼이나 진루타 역시 꿈이고 성공이라는 사실을 알려 줬다.

나도 애나처럼 혁명하기로 했다. 그냥 혁명이 아니라 내 멋대로 즐거 운 혁명이다. 즐거운 혁명의 첫걸음은 사랑하는 거다. 나는 예쁘지도 공부를 잘하지도, 특별한 특기도 없지만, 말이 잘 통하고(할머니 말), 요 리 잘하고(엄마 말), 귀엽고(우주가 '누나 큐트, 큐트'라고 분명히 말했다), 야구를 좋아한다.

김지석과 진미희의 딸 진우연, 그동안 사랑 안 해서 미안. 지금부터 이 세상 그 누구보다 사랑할게.

같은 시대를 살아가는 휴먼끼리

어른이 되면 모든 일이 술술 풀리고, 멋진 어른이 될 거라 자신했다. 그런데 멋진 어른이 되기는커녕 적당히 치고 빠지는 뻔뻔한 어른이 되고 말았다.

처음 우연이가 내게 찾아왔을 때 될 대로 되라는 심정이었다.

"한심해 보이는 거 알아. 근데 말이야, 나도 내가 이럴 줄 몰랐어. 어른이면 완성형일 줄 알았는데, 아직도 진행형이야. 여전히 막막하고 뭘 해야 할지도 모르겠다니까."

나뿐 아니라 많은 어른들이 그렇다는 변명도 덧붙였다. 다행히 우연이는 비웃지도 한심해하지도 않았다.

"어, 나랑 똑같네요. 우리 어른, 아이 나누지 말고 그냥 얘기나 해요.

같은 휴먼끼리."

처음에는 어색했지만 시간이 지날수록 우리는 격의 없이 심각하게 또는 낄낄거리면서 이야기를 나누었다. 앞으로도 분명한 것보다는 모호한 것투성이일 테지만 우리는 같은 시대를 살아가는 휴먼끼리 응원하고 잘 살아 보기로 했다.

패스트푸드점에서 한 무리의 청각장애인을 봤다. 그들은 쉴 새 없이 손을 움직이며 어린아이처럼 깔깔거리며 웃었다. 그중 한 사람과 눈이 마주쳤는데 그 사람은 떠들어서 미안하다는 듯한 동작을 했고, 시끌 벅적하던 분위기는 순식간에 가라앉았다. 그때 나는 '당신들의 대화가 궁금해서, 분위기가 좋아서 쳐다본 거'라고 '신경 쓰지 말고 즐겁게 대화를 나누라'고 말하고 싶었다.

지난해 겨울, 그 거리에서 '혁명'을 만났다.

정확히 말하면 '혁명'이라는 단어가 적힌 깃발을 든 청소년들을 만났다. 그 뒤를 따라 한참을 걸었다.

나에게는 어렵고 무거웠던 '혁명'을 거침없이 땅으로 끌어내려 준 그들에게 고맙고, 자랑스러웠다는 말을 전한다.

2017년 9월

서화교

낮은산 **15**
키큰나무

내 멋대로 혁명

2017년 9월 20일 처음 찍음
2018년 7월 20일 두 번 찍음

지은이 서화교 | 펴낸곳 도서출판 낮은산 | 펴낸이 정광호 | 편집 조진령 | 디자인 스튜디오. 헤이 덕 | 제작 정호영
출판 등록 2000년 7월 19일 제10-2015호 | 주소 04048 서울시 마포구 어울마당로5길 16 3층
전화 02-335-7365(편집), 02-335-7362(영업) | 팩스 02-335-7380
홈페이지 www.littlemt.com | 이메일 littlemt2001ch@gmail.com | 트위터 @littlemt2001hr
제판·인쇄·제본 상지사P&B

ⓒ 서화교 2017

ISBN 979-11-5525-087-7 43810

이 도서의 국립중앙도서관 출판예정도서목록(CIP)은 서지정보유통지원시스템 홈페이지(http://seoji.nl.go.kr)와
국가자료공동목록시스템(http://www.nl.go.kr/kolisnet)에서 이용하실 수 있습니다.(CIP제어번호:2017023173)

* 잘못 만들어진 책은 바꾸어 드립니다. * 책값은 뒤표지에 표시되어 있습니다.
* 이 책 내용의 일부 또는 전부를 재사용하려면 반드시 저작권자와 도서출판 낮은산 양측의 동의를 받아야 합니다.